열흘간의 낯선 바람

김선영
장편소설

열흘간의 낯선 바람

|주|자음과모음

차례

아무렇지 않은 척

생각은 정말 나오기 싫었다. 나갈까 말까 백 번도 넘게 생각했다. 생각에 생각을 거듭해도 마음은 나가는 쪽으로 기울었다. 마음과 생각은 다른 거다. 완전 별개다. 나가지 말자고 기운 날은 생각이 이긴 거다. 그럼에도 불구하고 나가고 싶다고 기운 날은 마음이 이긴 거다. 요 며칠 생각과 마음이 드잡이를 했다. 머리채를 잡기도 다리를 걸어 자빠트리거나 서로 가슴을 밀치며 손톱을 세우기도 했다. 둘 다 지쳐 나가떨어졌을 때 생각이 기신기신 일어나 거칠게 숨을 뱉으며 을러댔다.

— 그 아이에게 우리 모습을 보여주는 순간 우린 끝이야. 백 번을 넘게 말해도 그건 변하지 않아.

그때 마음이 이렇게 답했다.

—끝이라도 좋아. 너무 절실해.

—넌 너무 이기적이야. 우린 한배를 탄 거라고. 한쪽이 균형을 잃으면 다른 쪽도 여지없이 무너져 우린 망하게 될 거라고…….

생각의 목소리는 점점 잦아들었다.

—그래도 좋아, 무너질 때 무너지더라도.

—끝까지 제멋대로야 넌.

생각이 씹어뱉듯 뇌까렸다. 마음은 그러거나 말거나 짐짓 모른 척했다. 생각이 아무리 얼음처럼 투명하고 송곳처럼 날카로워도 마음을 이길 수 없다. 마음에 질 것이 뻔했다. 특히 남녀 간의 문제에 끼어 생각이 이길 확률은 거의 없다. 절실하다는 말에 생각은 그야말로 머릿속이 하얘졌다. 그저 입만 벌어질 뿐이었다. 그동안 마음에게 퍼부었던 수많은 말들이 공중으로 휘발해버렸다. 생각은 철퍼덕 무질러 앉아 마음이 하는 대로 내버려뒀다.

마음은 생각에 또다시 설득될까 봐 손가락 끝의 말초신경을 바짝 조여둔 터였다. 생각이 빈틈을 이용해 시간차 공격을 해올지도 모르기 때문에 숨도 고르지 않고 말초신경에 명령을 내렸다. 메시지 창에 나가겠다고 쓴 뒤 번개처럼 빠르게 보내기를 눌렀다. 이것으로 이번, 마음과 생각의 싸움은 끝났다. 마음 승.

뒤늦게 기운을 차린 생각이 머리를 흔든 뒤 날을 세웠지만 이미 때는 늦었다.

만나자고 수많은 댓글이 달렸지만 이번만큼은 달랐다. 중학교 때부터 짝사랑하며 눈도장 찍어두었던 경우가 내 인스타그램의 팔로워가 되고 맞팔을 튼 뒤, 올린 사진마다 서로 좋아요를 누른 후 꼭 한 달 만에 이루어진 성과였다.

저만치 카페가 보였다. 빨간 파라솔 아래 통유리창 너머로 카페 안이 보였다. 기말고사가 끝나고 여름방학이 시작될 무렵이라 그런지 사람들이 꽤 많았다. 이 동네에서는 제일 큰 카페이다. 일부러 큰 곳으로 약속을 잡았다. 장소가 협소해 시선이 한곳으로 쏠리는 것도 막을 수 있고 어찌 됐건 나에게 집중되는 시선이 무지하게 싫기 때문에 좀 산만하면서도 넓은 장소를 택했다.

경우의 닉네임은 루팡이다. 인스타그램에서 루팡이 눈에 띈 것은 그가 올린 사진 때문이다. 루팡은 주로 분할된 공간 사진을 올렸다. 예를 들면, 전깃줄이 복잡하게 얽혀 있는 하늘이라든가, 하얀 벽체들이 모서리와 모서리를 맞대며 만들어내는 그늘의 선이라든가, 주택의 지붕과 지붕들이 어깨를 겯고 만들어내는 벌집 같은 구획선이라든가, 실핏줄 모양으로 하늘을 나눈 나뭇가지라든가, 셔터 속도를 느리게 하여 굽이치는 물살의 선을 물풀처럼 살려낸 사진이라든가.

루팡의 사진이 눈에 들어온 것은 아빠 때문이다. 아빠는 카메라 한 대만 있으면 아무리 혼자 있는 시간이 길어도 심심하지 않다고 했다. 아빠가 주로 찍는 풍경은 자연과 구조물이 만들어내는 공간 분할이었다. 루팡의 사진 속에서 아빠를 보았다고 해야 하나? 루팡의 사진은 인스타 친구들이 흔히 올리는 음식이나 여행, 움짤 동영상 또는 아기나 연예인 사진 유와는 달랐다. 그래서 내가 먼저 루팡을 팔로잉하였고 어느 날 불현듯 루팡의 얼굴이 궁금해졌다. 아빠일 리는 없겠지만 아빠가 아닐 거라는 보장도 없지 않은가. 루팡이 태그해 놓은 다른 검색어를 넣자 어렵사리 찍힌 루팡의 얼굴 사진이 있었다. 폰 화면에 가득 차도록 확대하자 낯이 익었다.

허걱.

중학교 동창 경우였다. 경우가 루팡이라니. 근데 웬 루팡? 도둑질은커녕 학교 담장 한 번 넘어본 적 없을 것 같은 천생 범생이 얼굴인데. 뭘 해도 믿음이 가는, 걔가 그랬다면 그럴 수밖에 없는 사정이 있었을 거야, 하고 관대하게 넘어갈 수 있는 그런 인상이다. 거기다 매너까지 좋았다. 중1 때 경우의 폭풍 매너 때문에 한동안 여자아이들 가슴이 콩닥거린 적이 있다. 화장실로 급히 뛰어가던 여학생이 복도에서 정통으로 넘어졌다. 쫙, 소리가 났고 복도를 오가던 아이들의 시선이 일제히 쏠렸다. 위로 젖혀진 치맛자락 아래로 그 애의 굴곡진 엉덩잇살이 그대로 드러났다. 순간 어디선가 체육복이 사뿐히 날아들어 그 부분에 안착했다. 체육복에 새겨진 이름은 진경우. 그날부로 경우는 흑기사로 등극했다. 고개도 들지 못하고 한참 동안 엎어져 있던 여학생은 경우의 체육복으로 얼굴을 가린 채 화장실로 뛰어갔다. 그 후 체육복을 돌려주며 경우에게 프러포즈를 한 모양인데 보기 좋게 거절당했다고 들었다. 그소식은 여자아이들을 더욱 달뜨게 만들었다. 경우는 한동안 나를 포함한 1학년 여자아이들의 로망이었다. 경쟁자가 너무 많은 이유도 있지만 딱히 내세울 것도 없는 나는 그냥 가슴에 품기로 했다. 그 후 우리 학교 얼짱 조주희와 사귄다는 얘기를 들은 적이 있다. 매너고 뭐고 예쁜 거 앞에서는 사족을 못 쓰는 남자아이들의 보편성에서 경우도 별반 다를 것 없다는 생각에 조금은 쓸쓸했지만 그래도 경우를 품은 마음을 쉽게 비우지는 못했다.

그나저나 조주희와는 쫑을 낸 것인가? 루팡, 그러고 보니 마음을 훔치는 도둑이라는 뜻일 수도 있겠다. 내 셀카에 급 반응을 한걸 보면 여전히 예쁜 것을 찾아 떠도는 루팡임에 틀림없다. 그건그렇고 경우가 내 실체를 알게 되면 어떤 반응을 하게 될까? 그 결과가 뻔히 보이기 때문에 오늘 만남을 망설이고 망설이고 또 망설인 거다. 오늘이 있기까지 생각과 마음의 질료에 대해 이토록 골깊게 파고들어 가본 적도 처음이다. 생각과 마음은 수리통계학자와 서정 시인처럼 아주 대조적일 수 있다는 것을 알게 된 계기이기도 했다.

카페로 향하는 발걸음이 발목에 납덩어리라도 찬 것처럼 무겁다 못해 힘거웠다. 그래도 이런 기회는 내 인생에 두 번 다시 오지 않을 것이다.

이게 다 현욱이 때문에 시작된 일이다.

마치 흉악범처럼 생긴 현욱은 경우와 차원이 다른 외모이다. 현욱의 얼굴이 떠오르자 피가 정수리 쪽으로 쏠렸다. 한 달 전의 일이 떠올랐기 때문이다.

나와 유치원 때부터 한 아파트에 살며 붙어 다닌 강현욱. 현욱의 인상은 완전 '나 세상에 불만 있어요' 유형이다. 미간이 좁고 콧대가 높아 약간 신경질적으로 보이는 데다 숯검댕이 겉눈썹은 끝이 사납게 올라갔으며 흰자위보다는 검은자위가 대부분인 눈빛 또한 탁하다 못해 어두웠다. 거기다 양쪽으로 벌어진 것도 모자라 승천한 광대는 인상을 더욱 칙칙하게 만들었다. 중학생이 되어 머리칼을 짧게 자르자 분위기는 더욱 고조되었다. 중력 같은 건 완전 무시한 머리칼은 하늘로 치뻗기 시작했다. 특히 귀밑머리는 옆으로 뻗쳐나가 마치 관자놀이에 대형 나사못을 박은 프랑켄슈타인이 연상되었다. 게다가 어깨는 어찌나 넓은지 뻥 좀 보태면 학교 운동장만 했다. 오죽했으면 점점 넓어지는 어깨 때문에 걔네 엄마가 수영을 그만두게 했을까. 어쨌든 현욱의 얼굴과 몸은 늘 화가 나 있는 것처럼 보였다.

나는 현욱의 모습이 말짱 꽝이라는 것을 안다. 딱 보면 장비나 임꺽정이 연상되지만 속은 완전 새가슴이다. 현욱은 세상에서 개를 제일 무서워하며 두 번째로 나를 무서워한다. 세 번째로 길거리에서 마주치는 중딩들을 무서워한다.

그런데도 현욱이 엄마나 우리 엄마는 현욱이가 내 보디가드인 줄 안다. 그동안 현욱이가 내 보디가드가 된 적은 한 번도 없다. 오히려 내가 현욱의 보디가드가 되었음 되었지. 중1 때 호떡을 하나씩 물고 집으로 가던 길이었다. 어느 순간 골목길에서 독 오른 개 한 마리가 튀어나와 이빨을 드러내며 짖었다. 현욱은 호떡을 개에게 집어던진 뒤 냅다 뛰기 시작했다. 두 발에 바퀴라도 단 듯 LTE급으로 사라졌다. 나는 그 자리에 얼어붙어 꼼짝할 수 없었다. 비명을 지른다거나 두 다리를 움직일 수 있다는 건 그래도 덜 쫄았다는 얘기이다. 나의 그런 지병 때문에 그 자리에서 공포의 대상과 맞닥뜨려야 했다. 피할 수도 피해지지도 않는다. 개와 기 싸움 끝에 순전히 생존본능의 힘으로 미친 듯이 소리치고 가방을 휘두르자 개는 땅에 떨어진 호떡 쪼가리를 물고 골목길 안으로 사라졌다. 개도 미친년은 상대하기 싫어한다. 그제야 저만치서 모습을 드러낸 현욱은 웃는 건지 우는 건지 모를 표정으로 다가오며 말했다.

"아오 그 개새끼 엄청 사납네. 괜찮냐?"

내가 눈을 하얗게 치뜨며 가방을 휘둘렀다.

"조금만 겁나면 친구고 뭐고 다 배신하고 도망갈 놈이야 넌. 네 등판이 아깝다. 쪽팔리지도 않냐?"

"내가 너한테 팔릴 쪽이 남아 있겠냐? 이상하다, 꼭 너랑 있을 때 이런 일이 생긴다."

"뻥치네. 니 친구들 앞에서도 그러지? 남자들 사이에서도 그러면 그거야말로 상 찌질이 되는 거 알지?"

"내가 호구인 줄 아냐? 친구들이랑 있을 때는 안 그래. 아무래도 난 내 친구들보다 너를 더 믿는 것 같아. 너는 마치 형 같어. 넌 어떻게 그 자리에서 무식하게 맞짱을 뜨냐?"

그날 현욱은 나에게 눈알이 튀어나오도록 뒤통수를 맞았다. 어쩌면 현욱이보다 더 겁쟁이는 나인지도 모른다. 나는 도망갈 용기도 없으니까.

그러니까 지금으로부터 딱 한 달 전, 인스타그램에 새 계정을 만들고 보정한 얼굴을 올리기 시작해 여신이 된 사연은 겁 많은 현욱이 때문에 시작되었다. 현욱이와 영어 보강을 마치고 돌아가는 길, 사나운 개가 튀어나왔던 골목길에 중딩 같은 아이들 몇몇이 모여 한 아이를 다구리치고 있었다. 재수 없게 현장 목격자가 된 것이다. 눈치 없는 현욱이가 티 나게 시선을 준 게 화근이었다. 인상 자체가 이의신청인 현욱을 곱게 보내줄 리가 없다.

"뭘 봐? 아오, 왜 보냐고오?"

현욱과 나는 못 들은 척 걸음을 재촉하며 앞만 보고 걸었다. 그 뒤에 따라온 말이 발목을 잡았다.

"거기 서. 안 서? 한 발짝 뗄 때마다 한 대씩 는다."

현욱은 고개를 푹 꺾었고 나는 그 자리에 얼어붙었다.

"야, 뭘 보냐고 묻잖아."

"안 봤는데요?"

아오, 강현욱 이 한심한 놈. 쟤네들 중딩이란 말이야. 요는?

"지금 야려봤잖아."

"아닙니다. 제 얼굴이 좀 그렇습니다."

덩칫값도 못하는 새끼. 가지가지 한다. 여기가 군대냐? 다나까는 무슨. 놈들은 슬쩍 내 얼굴을 살피는 것 같았다. 나는 더욱 몸이 굳었다.

"야, 니 인상이 드러우면 옆에 데리고 다니는 애라도 곱상한 애 좀 데리고 다녀라. 어째 세트로 구리냐?"

지들이 뭔데 남 생긴 거 가지고 지랄들이야. 뭐? 구리다고?

"가라 가."

현욱의 인상과 덩치가 거품이라는 것을 안 놈들은 어깨를 툭툭 치며 크게 봐준다는 듯이 굴었다.

놈들로부터 벗어나자 오금이 푹 꺾였다. 걸음걸이를 재촉하며 앞서가던 현욱의 뒤통수를 한 대 갈기려다 그만두었다. 놈들 앞에서 쫀 것은 현욱이나 나나 마찬가지이기 때문이다. 같이 다녀서 하등의 도움이 되지 않는 인간이다.

구리다는 말까지 듣고, 17년 인생, 비록 예쁘다 소리는 못 들었지만 그렇게 비하하는 소리 또한 처음이었다. 처음 인스타그램에 셀카를 올렸을 때 별 반응이 없던 것도 같은 이유일 것이다. 나도 안다. 세상은 예쁜 것들한테만 반응한다는 것을. 생긴 것도 그런데 사진발도 없다는 얘기는 전에도 들었다. 그 말 뒤에 아이들은 위로 차원인지 모르겠지만, 분위기를 사진이 못 따라간다는 애매모호하고 난해한 말로 무마시켰다. 나도 내가 예쁘지 않은 건 안다. 볼살이 빠지지 않아 낮은 코가 더욱 묻히고 단춧구멍처럼 옆으로 쭉 째진 것도 모자라 위로 올라간 눈꼬리, 새끼원숭이처럼 이마의 반을 덮은 잔 머리칼. 그래도 그렇지, 그렇게 혐오스러울 정도는 아니라고 생각하며 살았다. 가끔 아주 가끔이지만 동양 미인이라는 소리도 들었다. 아빠는 내가 웃을 때 드러나는 하얗고 고른 이와 살짝 함몰되는 입 주변이 환상적으로 예쁘다고 했다. 현욱이랑 같은 급으로 강등된 게 여간 분한 게 아니었다. 그것만은 거부하고 싶었다.

볼살이 빠진다면? 이마의 잔 머리칼을 조금 밀어낸다면? 그때부터 나는 포샵질을 멈출 수 없었다. 볼살을 조금씩 깎고 눈꺼풀을 조금, 아주 조금 들어 올리고 이마도 볼록하게 미간도 도도록하게 돋우었다. 분위기가 완전 달라졌다. 볼살과 이마의 잔 머리칼만 손질해도 아우라가 달랐다. 이마와 광대 위에 돋기 시작한 여드름만 쓱쓱 없애버려도 피부미인이 되었다. 얼굴이 조금씩 달라질 때마다 묘한 쾌감이 일었다. 처음엔 장난 수준의 상상이었는데 사람들이 어떻게 반응할지 궁금했다. 뭔가 달라지거나 변화가 생기면 남들에게 보여주고 싶은 욕구가 일어나기 마련이다. 지금의 내 얼굴로는 평생 맛볼 수 없는 반응일 거라는 생각에 그 유혹은 더욱 강렬했다. 하긴 얼굴 반반한 거 하나로 모든 걸 다 해결하는 조주희를 보면 여자는 예쁘고 봐야 한다는 진리는 영원할 모양이다. 예쁘다는 걸로 죄 먹어주는 조주희는 입만 열면 구멍이 뻥뻥 보일 정도로 머리가 빈 아이이다. 남자아이들은 그것마저도 백치미니 뭐니 하며 텅텅 소리 나는 조주희에 더 열광했지만.

예를 들면 이런 거다. 조주희 옆 짝이 야자 시간에 비스킷을 먹으며 탄식하듯 말했다.

—아우, 이런 것 먹고 내리 앉아만 있으면 안 되는데, 또 살찌겠다.

귀 밝은 조주희가 주워듣고 아주 천진난만한 표정으로 물었다.

—과자가 왜?

—탄수화물이잖아.

—그거 밀가루 아니야?

어이없음의 텅텅 소리는 그것 말고도 많다. 일일이 나열하기도 입 아프다.

—난 시나몬빵이 좋더라. 근데 왜 계피향이 나지?

빵을 두 볼 가득 욱여넣으며 조주희가 말했다.

—야, 시나몬빵이니까 계피향이 나지.

같이 먹던 내가 말했다.

—그러니까 왜 계피향이 나냐고?

—어우 이걸, 그냥 빵이나 먹으라고.

—왜에? 왜 계피향이 나냐고?

— 시나몬이 계피라고오.

— 아 그래? 몰랐지. 아, 그래서 계피향이 나는구나.

— 젠장, 그냥 먹으라니까.

거기다 생긴 거 가지고 현욱이와 나를 세트로 묶어 염장을 지른 적도 여러 번 있다.

— 남자애들이 너네 붙어 다닌다고 뭐라고 별명 붙여준 줄 알아?

— 신경 끄라고 해. 같은 아파트 사는 것뿐이야.

— 뭐라고 하는지 안 궁금해?

— 됐다고, 알고 싶지 않다고.

그러거나 말거나 조주희는 남의 심정 같은 건 모르쇠로 일관한다. 머리가 나쁘면 눈치라도 있어야 하는데, 무식함으로 무장한 조주희는 주변이 얼마나 상처받는지조차도 모른다.

— 송이든, 넌, 오크(라틴어로 악마 혹은 지하세계의 생물을 가리키는 말. 『반지의 제왕』을 위시한 존 로널드 루엘 톨킨의 소설을 무대로 한 가상의 판타지 세계에서는 사악한 세력에서 병사로 이용되는 종족의 이름)래. 으하하하하.

— 재밌냐? 니 친구가 오크 소리 듣는데도? 니 인간성도 참.

— 현욱이는 뭐라더라, 피타고라스?

— 뭐? 수학자? 난 오크고 현욱이는 피타고라스래? 무슨 근거로?

— 아니, 아니 그게 아니고, 그거 뭐 있잖아, 최초의 인간. 오오, 그래 오스트랄로피타고라스.

―아오 됐다. 뭘 그렇게 용량 넘치게 머리를 쓰냐? 너도 참 어렵게 산다.

　―맞지? 오스트랄로피타고라스?

　―야, 확 이걸.

　나는 조주희의 무식함 때문에 그 말이 왜 나왔는지 본질을 잊어버린 채 주먹을 올리곤 했다. 조주희와 앞뒤로 앉은 대가로 말을 섞은 죄가 이렇게 클 줄이야.

　남자애들은 분명 이럴 것이다. 탄수화물, 시나몬, 오스트랄로피테쿠스 그딴 거 몰라도 돼, 무조건 예쁘면 돼. 나는 그런 생각이 들었다. 신은 왜 이렇게 불공평하냐고, 머리에 똥만 들은 것 같은 저 아이에게 얼굴이며 몸매며 죄 몰아줬냐고.

　본격적으로 셀카를 찍어 보정하여 인스타그램에 올리기 시작했다. 나는 아빠에게 익히 들었던 사진 찍는 법을 제대로 활용하여 올렸다. 구도는 대칭과 수평을 살리고 실내보다는 자연 채광을 이용한 빛이 시선을 잡아끈다고 했다. 실내에서 찍는 것도 스탠드 같은 거로 조명을 주어 밝고 화사하게 분위기를 연출하여 올렸다. 이런 것도 아빠가 하는 작업을 등 너머로 보아둔 덕분이다. 여러 개의 보정 앱을 사용하는 건 필수다. 프레임 안으로 들어온 것은 수십 번의 편집 과정을 거쳐 공을 들인다. 거기에 튀는 문구로 해시태그를 얹어주면 끝이다. 이후에 나는 인스타그램에서 완전 스타가 되었다. 팔로워가 하루에도 수십 명씩 늘었고 좋아요가 수없이 달렸다. 어느 날은 연예인급 좋아요 숫자에 기절할 뻔한 적도 있다. 좋아요 숫자가 올라갈수록 우쭐해지며 인스타그램에서 처음 맛보는 존재감 같은 것이 생겼다. 나와 연결된 사람이 셀 수 없이 많으며 이들은 나의 셀카와 일상이 중계되길 간절히 기다리고 있다는 것을 알 수 있었다. 나는 혼자 있어도 혼자가 아닌 거다. 누군가와 연결되어 있어 나는 그 라인 속에서 숨을 쉬며 살고 있다.

학교에 많은 아이들이 실재하지만 온라인 속 팔로워들만 못했다. 같은 반에 실재하는 아이들이 오히려 허상이 아닐까, 하는 생각은 중학교 때부터 했다. 어린 나이에 이미 쓴맛을 봤다고 해야 하나? 아빠가 떠나고 헤매는 엄마를 보며 달랑 혼자가 된 느낌이 들었고, 중2 때 결정적인 순간에 등을 돌린 반 아이들을 보며 그냥 인생은 혼자 가는 거구나, 어차피 혼자 감당하는 거구나 하는 결론에 이르게 되었다. 그 후 만나게 된 SNS 속 사람들은 완전 다른 인류였다. 그들과 매 순간 버릇처럼 좋아요 숫자를 카운터하고 사진 아래 댓글에 따라 웃거나 울거나 우울해지기도 했다. 현실보다 더 생동감 있게 살아 있었다. 현실은 그에 비하면 칙칙한 흑백의 평면 세계이다. 재미도 변화도 관심도 끌 수 없는. '비물질화의 물질화', 인스타그램 속의 내가 딱 그랬다.

어느 정도 시간이 지나자 만나고 싶다는 댓글이 경쟁적으로 달렸다. 조주희가 바로 이런 심정이었겠구나 하는 생각이 들었다. 그 아이 얼굴에 만족스런 표정과 자신감에 차 있던 여유로움이 어디서 출발했는지 알 것 같았다.

셀카를 찍어 보정하는 시간이 점점 늘었다. 열 개도 넘는 사진을 올린 날은 아침에 일어나자마자, 잠들기 전은 물론 시간이 남을 때마다 접속 상태였다. 밥 먹는 시간도 잠자는 시간도 아까웠다. 끼니를 거르면서도, 한밤중 깨거나 새벽에 일어나도 보정 중이거나 접속 중이었다.

학교 숙제도 학원 숙제도 구멍 나기 시작했다. 시간이 절대적으로 부족했다. 학교에서는 대부분 잠을 잤다. 엄마는 내가 무엇을 하는지 감시하는 스타일은 아니다. 주말 내내 컴퓨터 앞에 앉아 있다가 점심도 아니고 저녁도 아닌 어정쩡한 시간에 밥을 먹는 내게 외출하고 돌아온 엄마가 한마디 던졌다.

―요즘 좀 지나친 거 아니니?

뜨끔했지만 여신의 미모를 유지하기 위해서는 이만한 시간 투자는 감수해야 한다고 본다. 일요일 같은 경우는 거의 밥도 먹지 않고 보정하느라 노트북 앞에 매달려 있다가 등짝이 훅훅거리도록 두들겨 맞은 적도 있다. 엄마는 있는 힘을 다해 손바닥으로 등을 내리쳤다. 맞는 나보다 때리는 엄마가 더 힘겨워 보였다. 엄마는 헉헉거리며 소리치기 일쑤였다. 어느 날, 도저히 눈 뜨고 볼 수 없다며 노트북으로 손을 뻗었다. 엄마의 아귀힘은 노트북을 반으로 접고도 남을 만큼 독기가 올라 있었다. 두 손을 뻗어 저지하려 하자 엄마는 머리 위로 노트북을 번쩍 치켜 올렸다. 엄마보다 내

키가 컸으니 망정이지 나는 노트북을 끌어안으며 통사정을 했다. 그러지만 말라고 알았다고 밥 먹겠다고 그만하겠다고 사정사정하여 노트북을 사수할 수 있었다. 그 이후 엄마가 불시에 방문을 열어보는 횟수가 늘기 시작했다. 나의 SNS 활동은 일제 치하의 독립운동과도 비슷했으며 제2차 세계대전 이중 스파이 노릇과도 비슷한 심정으로 이루어졌다. 엄마는 모른 척할 뿐이지 다 알고 있는 것 같았다. 싸늘한 눈빛과 반찬 접시를 내려놓는 소리 속에서도 엄마의 경고가 들리는 듯했다. 이번에 걸리면 얄짤없다는.

어쨌든 투쟁의 결과로 오늘의 보상이 있지 않은가. 세상에 공짜는 없는 법, 대가를 혹독하게 지불할수록 결과는 달콤한 법이다.

카페 문 앞에 다다르자 심장이 빵빵하게 부풀어 오르는 듯했다. 쿵닥거릴 때마다 관자놀이가 지끈거릴 정도로 비트가 강렬했다. 떨리는 손으로 카페 문손잡이에 손을 댔다. 한여름인데도 손끝은 시리도록 차가웠다. 손바닥을 비벼 보아도 체온은 올라가지 않았다. 잠시 두 눈을 감았다 뜬 뒤 문을 밀었다. 그 순간 카페 안에 음악 소리 같은 건 없는 것처럼 귓속에서는 삐이~ 소리가 이명처럼 울렸다. 잠시 진공상태에 갇힌 것은 아닌가 하는 착각이 일 정도로 어떤 소리도 들리지 않았다. 수 초 후 카페 안의 소음이 와락 쏟아졌다. 무방비로 경우와 눈이 마주칠까 봐 카페 안을 둘러보는 것도 두려웠다. 우선 구석에 자리를 잡았다. 숨을 고른 뒤 카페 안을 둘러보았다. 나에게 관심을 주는 사람은 아무도 없었다. 제각각 말하는 소리와 커피 내리는 소리로 시장판처럼 소란스러운데 왜 이다지 다른 사람의 시선이 의식되는 것일까. 누군가가 나타나 '네가 지난 시간에 한 일을 죄다 알고 있다'라고 속삭일 것만 같았다.

조명이 있는 책장 쪽에 경우가 있다. 휴대폰을 보고 있다. 고등학교에 들어갔어도 입시에 찌든 티가 없다. 여전히 선한 훈남 스타일을 잃지 않았다. 경우 머리 위에만 노란 조명이 떨어진 것처럼 이 카페 안에서 제일 환했다. 경우의 입학 소식은 바람결에 들었다. 남녀공학으로 가지 않은 것을 알고 가슴을 쓸어내린 여학생이 많았다. 아무래도 공학으로 가면 여자 선배들의 손을 탈 게 뻔하기 때문이다.

경우는 내가 중학교 동창인 것을 모를 수도 있다. 별 존재감도 없었으니까. 어떡해야 하나? 루팡 님, 제가 초록마녀입니다, 라고 밝히는 순간 경우의 표정이 어떨지 상상하자 곧바로 이 카페를 뛰쳐나가고 싶었다. 미루고 미뤘던 상상이 눈앞에 벌어지다니. 생각은 지금이라도 늦지 않았으니 당장 뛰쳐나가야 한다고 주장했다. 침착하자, 침착하자. 마음은 주문 걸듯 생각을 밀어내며 다독거렸다.

죽기 아니면 까무러치기다. 그동안 오늘 이 순간을 상상하며 갈등한 시간들이 만만치 않았다. 여기서 멈출 수는 없다. 우선 내 얼굴을 보고 어떤 반응을 할지 알아보기로 하자.

경우가 있는 자리로 향했다. 다가갈수록 유달리 경우가 있는 곳이 환했다. 경우 머리 위 할로겐 조명이 다른 것보다 조도가 높은 게 확실했다. 경우는 내가 되도록 피하고 싶은 자리에 콕 집어서 앉아 있다. 야속하지만 할 수 없다. 서서히 경우의 테이블로 다가갔다. 내 얼굴을 기억하고 있다면 무슨 반응이든 할 것이다. 침착하게 단계별로 움직여보자. 1단계, 우선 그냥 지나쳐보자. 별 반응이 없으면 2단계, 중학교 동창으로서 알은체를 해보자. 3단계, 누굴 기다리느냐고 물어나 보자. 최종 미션 4단계, 초록마녀라고 밝혀보자. 나는 눈매를 고쳐 뜨고 입꼬리를 살짝 올린 후 주위를 둘러보았다.

그제야 카페 분위기가 눈에 들어왔다. 음악 소리와 커피 향, 사람들의 말소리가 한데 섞여 미세먼지가 되어 떠도는 것 같았다. 숨을 쉬면 폐에 켜켜이 커피 분진이 내려앉을 것처럼 탁했다. 후텁지근한 바깥 공기가 차라리 그리웠다.

그 순간, 난데없이 어디선가 줄무늬 티셔츠가 나타나 나를 지나쳐 경우의 테이블로 향했다.

"야, 아직 안 왔냐?"

나는 멈춰 섰다.

경우는 고개를 들어 줄무늬를 바라보며 답했다.

"어, 왔어? 아직."

경우는 카페 안을 휘둘러보며 나를 지나쳐 무심히 줄무늬를 향해 말했다. 순간 몸이 뻣뻣하게 굳는 것 같았다. 어정쩡한 걸음걸이로 몇 발짝 떼어 간신히 경우의 뒷좌석에 앉았다. 팔다리에 피가 통하지 않은 것처럼 찌릿찌릿했다.

"설마 안 나오는 건 아니겠지?"

줄무늬가 말했다.

"안 나올 수도, 만나자는 사람이 한둘이 아닌 것 같은데."

"제발 나와주셨음 좋겠다. 우리의 초록마녀, 아니 초록여신 님, 하하."

줄무늬도 내 인스타그램의 팔로워인 모양이다. 그렇다고 같이 나오다니.

"야, 봐봐. 너무 예쁘지 않냐? 볼수록 매력 있어. 완전 내 이상형이야."

경우와 줄무늬는 전화기 속으로 빨려 들어갈 듯 고개를 숙였다. 그들은 인스타그램 속의 내 얼굴을 그리며 출입문이 열릴 때마다 주시했다.

요 며칠 잠도 제대로 못 자고 스트레스를 받아서 그런지 볼에 난 여드름은 더욱 성이 나, 갓 잡은 해삼처럼 붉었다. 아무리 용기를 내려고 해도 이건 아니다 싶었다. 생각과 마음이 그렇게 처절하게 싸운 뒤 차지하게 된 전리품 같은 만남인데, 이대로 끝내기에는 억울했다.

내 귀는 초음파라도 단 듯 많은 소음 속에서 그들의 목소리를 걸러냈다.

"야야, 사귀자고 말하면 허락할까?"

이건 줄무늬 목소리인데, 그러니까 줄무늬가 관심이 있어서 나온 거란 말이지?

"밑져야 본전이지, 한번 해보는 거지 뭐."

이건 경우의 목소리다.

"주희는 잘 있냐? 니들 제법 오래간다."

여전히 주희와 사귄다고? 그러면서 다이렉트 메시지로 한 번만 만나달라고 사정사정?

"응? 걔가 예쁘긴 한데 좀 둔하잖아. 그래서 오히려 편해. 이렇게 저렇게 둘러대면 다 믿고. 좀 멍청한 거지."

나쁜 새끼.

나도 모르게 주먹이 쥐어지며 힘이 들어갔다. 갑자기 피돌기가 시작되듯 없던 힘이 솟아났다. 1단계는 에러가 났으니 실패라 치고 2단계로 돌입해보자. 까짓 거 될 대로 되라지, 하는 배짱이 생기는 것 같았다. 이대로 그냥 포기하면 진경우를 속으로 품은 세월과 오늘까지 이어온 정성이 아깝다는 생각이 들었다. 바닥을 찍고 다시 수면으로 헤엄쳐 올라가더라도 갈 데까지 가보자는 오기가 생겼다.

"야, 욕심도 많다 새끼야. 예쁜 데다 머리까지? 안 그래도 질투 나 죽겠는데. 아주 염장을 질러라 새끼야."

줄무늬가 윽박지르듯 말했다.

"야, 그럼 넌 예쁘고 똑똑한 애 중 고르라면?"

경우가 물었다.

"당연 예쁜 애지. 초록여신 님 같은 미모를 한 번만 사귀어봤으면, 아니 눈앞에 보기라도 해봤으면 좋겠다. 그나저나 안 오는 거 아니야?"

약속 시간이 삼십 분 정도 지난 상태였다. 나는 떨어지지 않는 엉덩이를 간신히 들어 다시 한 번 용기를 내었다. 이대로 돌아가면 분명히 후회할 거야. 수많은 날을 번뇌 속에서 보낸 뒤 결정한 것이 아닌가.

나는 주저하는 마음을 내떨듯 의자를 밀고 자리에서 일어났다. 심호흡을 한 다음 입술을 앙다물었다. 그리고 앞으로 걸어 나가 카페 안을 한 바퀴 돌아 경우 테이블로 방향을 잡았다. 심장이 어느 때보다 더 세차게 쿵쾅거렸다.

"저기, 혹시……."

줄무늬와 경우는 두 눈을 동그랗게 뜨고 설마, 하는 표정으로 올려다보았다. 어쩌면 그리 일란성 쌍둥이처럼 표정이 똑같은지 청심환이라도 먹어야 할 정도로 동공이 커져 있었다. 경우와 줄무늬는 눈을 마주 보며 서로에게 묻는 듯했다. 그들은 옆에 서 있는 사람 같은 건 완전 무시하고 지들끼리 턱짓과 눈짓을 주고받으며 작은 소리로 물었다.

"뭐냐?"

"너, 아냐?"

"아니, 처음 보는데."

"나도."

"근데 누구세요?"

경우가 고개를 들어 물었다.

"나, 몰라? 중학교 동창이었는데."

나는 애써 웃어 보이며 말했다.

"모, 모, 모르겠는데요? 처음 보는데요?"

"존댓말을 쓰고 그래? 동창이라니깐."

"아, 네."

"얘는, 나 주희 친구였다니깐. 계속 그러네."

경우와 줄무늬는 구세주라도 기다리는 듯 출입문 쪽을 조급하게 흘깃거렸다.

"근데 누구 기다리니?"

"네?"

경우는 화들짝 놀라는 목소리로 되물었다. 아니죠? 아닌 거죠? 우리가 기다리는 그 사람이 아닌 거죠? 경우가 하지 못한 생략된 말들까지 들리는 듯했다.

경우와 줄무늬는 노골적으로 가슴을 쓸어내리며 안도의 표정으로 서로 얼굴을 바라보며 웃음을 교환했다.

경우는 나를 전혀 기억하지 못했다. 졸업한 지 얼마나 되었다고. 삼 년 동안 한 지붕 아래 있었으면 낯이 익을 법도 한데. 끝까지 나쁜 새끼다.

"아, 미안한데 이만 가줄래? 우린 아주 중요한 사람을 기다리고 있거든."

이만 꺼져줄래, 로 들렸다. 경우는 손을 뻗어 내 몸을 슬쩍 밀치는 제스처까지 보탰다. 고개를 길게 빼고 양 팔꿈치로 테이블을 당겨 안으며 저 문 안으로 들어오는 사람 한 명도 놓치지 않겠다는 결연한 의지를 보이는 듯했다. 너 때문에 출입문이 안 보이거든, 하고 덧붙이고 싶은 말을 누르는 표정이 역력했다. 완전 잡상인 취급이었다.

어떻게 내 눈앞에 있는 사람이 인스타그램 속 루팡이라고 할 수 있을까. 분할된 공간을 따뜻한 시선으로 잡는 그런 눈을 가진 사람이라고 볼 수 있을까. 그런 분위기를 눈에 들이는 사람이라면 내가 초록마녀라고 밝힌다 해도 하하하 웃으며 네가 장난친 거냐고 따뜻하게 웃어넘겨 줄지도 모른다고 위무하곤 했었다. 오늘의 만남이 있기까지 그렇게 다독거리고 설득하며 왔건만. 현실은 생각보다 모질고 냉정하다.

나도 모르게 눈에 힘이 들어갔다. 가슴이 터질 것처럼 부풀어 올랐다. 쪽팔리게 눈물이 올라오는 것 같았다. 이러면 안 돼, 절대 틈을 보여선 안 돼. 마음을 다잡을수록 표정은 걷잡을 수 없이 일그러졌다. 얼른 고개를 돌려 몇 발자국 걸은 뒤 아까 앉았던 경우 바로 뒷자리에 주저앉았다. 다리에 힘이 좍 풀렸다. 온몸이 후들거렸다. 이 상태라면 운동장만 한 카페를 가로질러 출입문까지 갈 수도 없을 것 같았다. 등은 훅훅거리고 뒷덜미는 무지근해지며 두통이 일었다.

"식겁했다. 하하하 설마. 말도 안 된다."

"나도, 아우 놀래라."

"주희 친구 중에 저렇게 못생긴 애도 있냐?"

"동창이라잖아 인마. 아까 못 들었어?"

테이블 위로 눈물이 탐방탐방 떨어졌다. 나무색 테이블은 눈물이 떨어진 자국마다 초콜릿색으로 변했다. 최대한 고개를 숙이고 어깨를 떨지 않으려 애썼다. 내가 지금 할 수 있는 건 이것뿐이다. 마음을 진정시켜 사람들 눈에 띄지 않게 이 카페를 나가는 것. 많은 사람이 나를 흘깃거리는 것 같아 고개를 드는 것조차 무서웠다. 빠르게 이곳을 벗어나는 것, 이것이 이번 미션의 최종 단계다.

난 할 수 있다. 할 수 있을 것이다. 해야 한다. 그래도 눈물은 멈추지 않았다. 어디서부터 솟은 물길인지 모르지만 터진 봇물처럼 걷잡을 수 없었다. 약해 빠진 감상 따윈 집어치워야 한다. 눈물이 나온다는 건 그런 반증이다. 인정머리라고는 손톱만큼도 없는 이런 현실에 눈물이라니. 가당치도 않게 나오는 눈물을 말려버려야 한다. 현욱이가 보고 싶었고 엄마가 보고 싶었고, 그리고 지금은 멀리 있는 아빠도 보고 싶었다. 세 사람의 얼굴이 떠오르자 눈물은 더욱 걷잡을 수 없었다. 더 이상 목울대의 통증을 견딜 수 없었다. 숨이 쉬어지지 않았다. 나는 고개를 숙이고 얼굴을 감싼 채 카페를 가로질러 뛰었다. 나 따위가 우는 건 아무에게도 영향을 줄 수 없으며 누구도 관심이 없다는 걸 알면서도 사람들이 죄 나만 보는 것처럼 온몸이 따가웠다.

밖으로 나오자 숨통이 좀 트였다. 그제야 하늘이 눈에 들어왔다. 정말 힘들 땐 하늘을 봐, 그리고 허공에 대고 숨을 훅 뱉어내. 그런 다음 머리와 마음을 리셋한다고 상상해. 그러면 한결 나아질 거야. 아빠의 목소리가 들리는 듯했다. 아빠는 지금 어느 하늘을 올려다보고 있을까.

카페 앞 너른 길에 서 있는 마로니에 이파리가 너울너울 바람을 탔다. 비 냄새가 났다. 비릿하면서도 후텁지근한 바람 한편에는 서늘함이 묻어왔다. 아빠가 말하던 마당 젖은 내였다. 나는 코를 훌쩍거리고 눈두덩을 누르며 걸었다. 눈알이 찌릿찌릿 아팠다. 그치지 않을 것 같던 눈물은 바람결에 서서히 말라갔다. 대기는 황색 모래 알갱이와 습기로 범벅이 된 듯 누랬다. 곧 쏟아질 것 같았다.

집으로 가기 위해 신호를 기다리고 횡단보도를 건너 내리막길을 걸을 때 비가 뚝뚝 듣기 시작했다. 빗방울은 테이블 위에 떨어졌던 눈물 크기만큼 아스팔트와 보도블록 위에서 툭툭 터졌다. 이내 앞이 보이지 않을 만큼 빗방울이 굵었다. 한꺼번에 함성을 지르며 쳐들어오는 병사들 같았다. 사람들은 이리저리 뛰기 시작하고 자동차들은 와이퍼를 아주 빠르게 움직이며 비상등을 켰다. 수십 마리 말 떼의 말발굽 소리처럼 순식간에 주변이 소란스러웠다. 나는 눈을 감고 쏟아지는 비에 얼굴을 내밀었다. 빗방울이 터질 때마다 살갗이 아팠다. 엉엉 우는 소리를 내보았다. 그랬더니 진짜로 다시 울음이 올라왔다. 거리에는 아무도 없다. 다시 혼자였다. 천천히 걷는 사람은 나뿐이었다. 쏟아지는 비를 맞으며 멈추지 않고 걸었다. 나만 걸었다. 평소 걸을 때의 보폭으로 아무렇지 않게. 아니 아무렇지 않은 척 걸었다.

저마다의 동굴

다짜고짜 엄마에게 사진 한 장을 들이밀었다. 식탁 위를 내리치듯 세차게, 당장 돈 내놓으라고 을러대는 사채업자처럼 위세가 당당했다. 설득하려거나 거절하는 건 애당초 거두라는 무언의 협박이자 요구였다. 그러니까 사진을 내미는 내 손아귀에는 요구를 들어주지 않으면 죽음도 불사하겠다는 의지로 똘똘 뭉쳐 있었다. 모처럼 만에 마음과 생각의 단합이 그 어느 때보다 최고조였다.

엄마는 보던 책을 소리 나게 엎어놓고 사진을 들여다보며 물었다.

"이게 누구야?"

"나야."

"뭐? 뭐가 이게 너야?"

"나라니깐. 잘 봐. 잘 뜯어보면 엄마 딸이라는 걸 알 거야."

"얘가 뭔 소리래? 잘 뜯어보면 엄마 눈은 김혜수고, 웃는 모습은 심은하다."

"나, 지금 심각해."

"점점. 뭐가 그렇게 심각한데?"

인스타그램에 올렸던 사진 중 하나를 출력했다. 아무리 생각해도 이 얼굴로 사는 건 무리였다. 얼굴을 고쳐 당당히 진경우와 줄무늬 앞에 나서고 싶었다. 두 놈을 여신님 앞에 무릎 꿇리고 말리라.

"나, 이렇게 성형해줘."

"뭐? 성형 같은 소리 하네. 공부하기 싫으면 주무셔. 이제 컴퓨터에서 빠져나왔나 했더니 겨우 한다는 소리가 뭐 성형? 니 정신부터 성형해야 해."

지난주 경우와의 만남이 불발로 끝난 이후 어떤 매체에도 접속하지 않았다. 셀카를 찍어 보정할 일도, 좋아요 숫자를 카운트 할 일도 없었다. 다른 사람의 계정에 들어가 눈팅도 기웃거림도 하지 않았다. 아무 의욕도 없었다. 침대에 등을 붙인 채 천장을 보고 멍 때릴 때가 많았다. 그렇지만 머릿속은 수십 마리의 곤충이 웅웅대는 것처럼 시끄러웠다. 내 존재는 비누 거품처럼 폭폭 꺼져들어 어느 순간 증발해버릴지도 모르겠다는 생각이 들었다. 무기력 그 자체였다. 엄마는 그런 나를 보고 은근 좋아하는 것 같았다.

엄마는 말 같지도 않은 말 하지도 말라는 식으로 내 말을 일거에 무시하고 책을 들고 안방으로 들어가려고 했다. 나는 엄마 등에 대고 소리쳤다.

"그럼 쌍꺼풀이라도 해줘."

엄마는 방문 앞에서 멈칫하더니 뒤돌아서며 말했다.

"왜 그래? 뜬금없이 잘 있는 얼굴 가지고 트집 잡고 그래?"

"내가 17년 동안 생긴 거 가지고 트집 잡힌 게 어디 한두 번인 줄 알아? 그 서러움이 어떤 건지 엄마가 알기나 알아?"

"누가 트집을 잡아? 남 생긴 거 가지고? 데리고 와, 어떤 놈이야? 그리고 니 얼굴에 트집 잡을 게 뭐가 있다고? 엄마 눈에는 예쁘기만 하고만."

"아우 엄마, 그게 아니라고오~."

나는 발을 구르며 소리쳤다. 경우와 줄무늬의 싸늘한 눈빛과 그들이 나누었던 말들이 머릿속에서 고스란히 되살아났다. 그때의 모멸감은 나를 더욱 쪼그라들게 만들었고 툭하면 눈물을 쏟게 만들었다.

"난 절실하다고오."

결국 울먹이며 소리쳤다. 지지리 궁상이었다.

엄마는 기가 막힌다는 듯 입을 벌리고 뒤돌아서며 말했다.

"실망이다."

엄마의 목소리는 얼음물처럼 냉랭했다. 순간 서늘한 냉기가 돌며 속이 쓰렸다. 엄마가 이제껏 한 번도 입에 담지 않은 말이었다. 엄마에게 이런 말을 하게 하고 이런 말을 듣는 내가 한없이 못나 보였다. 그래도 여기서 물러서면 안 된다. 이 서러움을 평생 안고 살 수는 없다.

"누가 내 얼굴을 이렇게 실망스럽게 낳아놓으래?"

다시 울음 섞인 목소리로 쏘아붙였다.

엄마는 벌린 입을 더 벌린 뒤 아무 말도 잇지 못했다.

"도대체 난 왜 이렇게 생긴 거야?"

엄마는 서구적인 이목구비를 가졌다는 소리를 많이 듣는다. 앞 트임과 뒤트임이 시원스럽게 터진 쌍꺼풀 진 눈에 완만하게 빠졌으면서도 낮지 않은 코, 고른 이에 뽀얀 피부까지. 자기 관리의 끝 판왕이라고 할 수 있을 정도로 몸매 관리도 철저한 편이어서 균형 잡힌 몸매를 유지하고 있다. 엄마는 매일 밤마다 눈물겨운 몸 찢기를 하고 있다. 몇 년을 했어도 요가를 할 때마다 드는 생각은 딱 하나라고 한다. 살아 있기가 이렇게 힘든 거구나, 라는 것이다. 극한의 스트레칭 후에 오는 개운함이 힘든 것을 잊게 하는 일종의 중독 같은 운동이라고 했다. 방학 때마다 엄마가 같이 하자고 하지만 그때마다 학원이다 뭐다 피곤하다는 핑계로 극한 찢기를 유보하고 있다. 나는 엄마처럼 독하게 살 자신이 없다. 심야에 치킨 다리를 들고 아무리 꼬셔도 엄마는 절대 입에 대지 않는다. 잠이 오지 않을 정도로 후텁지근한 여름밤, 아이스크림을 들이밀어도 절대 유혹당하지 않는다. 나를 아는 사람들이 엄마를 보면 꼭 이렇게 덧붙였다. 도대체 넌 누굴 닮은 거냐고.

그래 중요한 건 엄마를 닮지 않았다는 것이다. 그렇다고 아빠냐 하면 그렇지도 않다. 어떻게 보면 아빠와 엄마의 단점만 닮았다고 볼 수 있다. 지지리 복도 없지, 어째서 이렇게 맛없고 안 팔리는 것만 골라 담은 종합선물세트 모양으로 만들었는지, 난 누굴 원망해야 할지 번지수를 찾지도 못하고 속만 끓이던 중이었다. 조금이라도 생긴 거에 관련됐다 싶은 요소들을 따져보며 원망을 끌어다 부었다. 나를 이 모양으로 만든 유전자의 결합도, 하느님이 준 운명도, 이런 씨를 준 아빠도, 이런 나를 키워낸 엄마도. 그렇게 동굴 속으로 파고들다가 한 줄기 빛처럼 방법이 아주 없지는 않다는 생각이 들었다. 요즘 같은 세상에.

"뭐 때문에 그래? 대체?"

엄마는 다시 식탁으로 향했다. 식탁 위에는 초록마녀, 아니 초록여신의 사진이 있다. 엄마는 그 사진을 집어 들더니 한참을 들여다보았다.

"무슨 근거로 니 얼굴에서 이런 얼굴이 나온 거야?"

"조금만 손대면 그렇게 될 수 있어."

나는 목소리를 가다듬은 뒤 일말의 희망을 얹어 말했다.

"이제껏 컴퓨터 껴안고 한 짓이 이거야?"

엄마는 삿대질하듯 내 얼굴에 종잇장을 펄럭이며 물었다.

"정말 실망이다. 넌 다른 아이들과 다를 줄 알았어."

"나도 그러고 싶어. 근데 세상이 안 그래."

"참 나, 말이 안 나온다."

엄마는 초록여신의 얼굴을 식탁 위로 집어 던진 후 방으로 들어가 버렸다. 일고의 가치도 없다는 듯이. 엄마에게도 버림받은 기분이었다. 엄마마저도.

한동안 엄마와 나는 말을 섞지 않았다. 밥 먹을 때도 오로지 숟가락질만 했다. 국과 반찬은 손대지 않고 꾸역꾸역 맨밥을 밀어 넣었다. 목이 메었다. 딴에는 시위였다. 엄마가 만든 국과 반찬은 먹지 않겠다는. 엄마는 그러거나 말거나 짭짭 후루룩, 더욱 맛있게 먹었다. 밥도 엄마가 한 거다, 하면서 밥그릇을 빼앗지 않는 게 그나마 다행이었다. 엄마는 더 살차게 구는 것 같았고 나는 시간이 지날수록 슬금슬금 눈치를 보는 신세가 되었다.

그 이후 서로 무슨 생각을 하고 있는지 궁금했지만 섣불리 말을 붙이지 못했다. 시간이 갈수록 생각과 마음이 조금씩은 변했을 것이다. 누구는 애초에 가졌던 생각이 더 단단해질 수도, 또 누구는 다른 방향으로 수정되었거나 타협하였을 수도. 난 절대 물러나지 않을 참이었다. 엄마의 생각이 다른 방향으로 수정되었거나 타협되기를 바랐다. 성형이 그렇게 노발대발할 만큼 특별하거나 큰일도 아닌 세상이다. 중학교 때도 방학이 지난 후 한 군데쯤 고치고 오는 아이들이 더러 있었다. 쌍꺼풀은 기본이고 코나 이마에 보형

물을 넣는 것도 그리 특별한 일이 못 되었다. 부러움의 대상이 되었음 되었지 꺼리거나 저어할 일이 아니었다. 다만 돈이라든가 부모의 동의가 없어 못 하는 것을 매우 불행하게 여기는 분위기였다.

엄마와 나의 침묵을 깬 것은 다른 곳에서 터졌다. 방학을 하루 앞둔 아침, 엄마의 전화벨이 울렸다. 초등학교 때까지 이곳에 살다 이사 간 빛나의 엄마 전화였다.

"어쩌면 좋아, 이게 무슨 일이야. 말도 안 돼."

전화기를 잡고 있던 엄마의 손이 툭 떨어졌다. 아니, 스르륵 힘이 풀린 손아귀에서 전화기가 먼저 떨어졌다. 나는 교복을 입다 엄마의 심상치 않은 모습에 엉거주춤 서 있었다. 엄마는 텅 빈 눈으로 전화기를 무연히 바라보다 나를 건너보며 말했다.

"빛나가 죽었단다. 이게 무슨 일이라니?"

말끝에 엄마는 풀썩 주저앉았다.

"응? 말도 안 돼. 에이 말도 안 돼."

빛나네가 이사 간 뒤에도 엄마들과 함께 종종 밥을 먹곤 했다. 한동네 살 때 엄마끼리 절친이라 당신들 만나는 자리에 나와 빛나를 끼어 시간을 함께 보냈다. 나와 빛나는 데면데면한 사이였기에 두 분을 위해 우리가 시간을 내주었다고 봐야 한다. 그때마다 빛나가 좀 이상하긴 했다. 엄마들은 사춘기라 그러려니 하자며 대수롭지 않게 여기는 것 같았다. 빛나가 이사 간 후에는 페이스북을 통해 근황 정도는 파악하고 있었다. 그래서 물리적 거리가 그렇게 실감나지 않았다. 빛나는 페북에서 기대 이상으로 활동했다. 팔로 워도 꽤 되었고 글과 사진을 제법 순발력 있게 올리는 편이라 댓 글 수도 장난 아니게 많았다. 페북 친구들에게도 재치 있는 댓글 과 좋아요를 열심히 눌러주는 아주 인기 있는 팔로워였다.

그런데 한 가지 이상하다고 느낀 건 페북에서의 빛나와 오프라 인에서 빛나는 완전 다른 사람 같다는 것이다. 문자 메시지를 읽 을 때나 글을 읽을 때, 나는 그 사람의 말투나 목소리를 대입해서 읽는다. 그래서 이모티콘이나 말줄임표만 봐도 그 사람이 어떤 표 정과 어떤 톤의 목소리로 글을 올렸는지 알 수 있다. SNS상이지만 오프라인에서 그 사람을 대면하는 것 같은 상상을 하며 대화하는 것이다. 그런데 그게 영 매치가 안 되는 사람이 바로 빛나였다.

페북 속의 빛나는 아주 발랄 엉뚱했으며 유쾌한 아이로 통했다. 그래서 보기와는 다르게 전학 가서도 적응을 잘하고 있다고 생각 했다. 그간 빛나의 매력을 몰라 데면데면하게 지냈다는 생각이 들 어 아쉬웠던 적도 있다. 엄마들이 친한 만큼 빛나와 내가 가깝게 지내지 않은 건 성격 문제였다. 빛나는 속마음을 드러내지 않고 주 로 숨기거나 참는 편에 속했다. 불편하거나 하기 싫어도 쭈뼛쭈뼛 엉거주춤, 억지로 끌려다니는 듯해서 놀이 뒤끝이 상쾌하지 않았 다. 아, 중요한 건 일관성이 없다는 거였다. 지난번 놀이 때는 분명 싫다고 했는데 이번에는 좋다고 한다거나, 뚜렷한 이유 없이 토라 져 있거나 우울해할 때는 내가 먼저 짜증이 나 그만 놀자고 할 때가 많았다. 그러면 빛나는 고개를 푹 떨구고 집으로 돌아가곤 했다. 나이가 어릴수록 상대와 코드가 맞는지 여부는 동물적으로 안다. 나는 차라리 지질한 현욱이가 편했다. 현욱이는 지질하면 지질한 대로 늘 솔직하게 자기를 보여주었다. 그래도 빛나 엄마는 끊임없이 나와 빛나가 어울리길 바랐다. 성격도 성적도 부럽다면서.

얼마 전 엄마들과 함께 샐러드 바에서 만났을 때, 그간 올린 페북에 대해 얘기하려고 그때 그 감정으로 빛나에게 말을 걸면 빛나는 완전 딴 사람처럼 당황하기도 머뭇거리기도 주저하기도 하며 마치 내가 그런 걸 올렸느냐는 식의 반응을 했다. 안전거리를 무시하고 일방적으로 다가간 것 같아 내가 거리 조절을 위해 주춤 물러설 때가 많았다. 페북에서 느꼈던 거리와 실재와는 다른 것임을 그때 알았다. SNS상과 실재는 어쩌면 다른 인격일 수도 있겠다는 생각을 한 것도 빛나를 통해서였다. 뭔가 혼란스러웠다. 한편으론 빛나의 모습에서 나를 보는 듯했다. 나도 남들에게 이렇게 보일 수도 있겠다는 생각이 들었다. 온라인과 오프라인의 괴리감을 주체가 적응하지 못하면 이런 식으로 나타날 것이다. 실재의 나와 인스타그램 속의 내가 다른 모습인 것처럼. 중학생이 된 후 빛나의 몸은 날이 갈수록 불어났다. 그래도 빛나는 셀카나 얼굴 사진을 올리지 않았을 뿐 제 모습을 숨기는 것 같지는 않았다. 그러고도 소통할 수 있는 빛나가 한편으로는 부러웠다.

빛나는 만날수록 말수가 줄었으며 간혹 말을 한다 해도 상대와 눈을 맞추지 않았다. 맛있는 것을 먹어도 시큰둥했고 재밌는 제안을 해도 그래, 라고 간단히 대꾸하는 거로 끝이었다. 빛나의 표정에는 세상 참 재미없다고 쓰여 있는 것 같았다. 지루함이 덕지덕지 묻어났다. 빛나가 그럴수록 페이스북의 빛나는 정반대였다. 같은 사람이라고 볼 수 없을 정도로 활발했다. 온라인과 오프라인 속 존재의 갭이 너무 커서 어지러울 지경이었다. 그래서 빛나를 만나고 돌아올 때마다 기분이 개운하지 않았다. 엄마가 혼잣말처럼 빛나 엄마와 나눈 얘기를 흘리며 빛나를 걱정하는 소리에 나도 동조하는 것으로 만남의 소회를 정리하곤 했다.

─빛나가 점점 사람들 만나는 걸 싫어한다네. 그래서 여기 오는 것도 애먹는다고 그러던데.

─그렇지? 빛나 좀 이상하지? 나는 빛나 만날 때마다 당황스러워. 페북에서는 안 그렇거든? 너무 달라. 페북에서의 빛나와 실제 만났을 때 빛나 말이야. 그리고 점점 살이 그게 뭐야? 나도 남 걱정할 처지는 아니지만.

고등학생이 된 이후에는 먼 거리를 오가며 만날 여유가 없었다. 빛나의 그런 태도에 적응이 안 돼 나도 빛나의 페북에 들어가는 것이 뜸하던 차였다.

"왜 그랬대?"

빛나는 온라인상에 모습이 드러나는 것을 병적으로 꺼렸다. 다른 친구들과 찍은 사진을 올려도 제 얼굴은 스마일 이모티콘으로 처리하여 올리곤 했다. 어느 날 빛나 사진이 다른 아이들 페북 계정에 돌아다니기 시작했다. 누군가 허락 없이 빛나의 전신사진을 올린 것이다. 그것도 속옷 차림의 모습을. 탈의실에서 체육복으로 갈아입을 때의 모습인데 얼굴이 잘 잡히지 않아 빛나라고는 할 수 없었는데 사진 아래 댓글에는 '오~ 빛나의 빛나는 몸매'라고 쓰여 있었다. 몸이 불을 대로 불어 이중 삼중 출렁이는 뱃살이 그대로 드러났다. 페북을 통해 빛나가 그 사진을 보는 건 시간 문제였고 그 아래는 동조의 댓글이 달리기 시작했다. 페북 친구들? 그들은 이미 친구가 아니었다. 악마였다.

— 돼지였잖아.

— 우와~ 뚱땡이다ㅎㄷㄷ.

— 눈부시게 빛나는 몸뚱아리다.

— 우우우웩ㅋㅋㅋㅋ.

— 이건 아니무니다, 보고 싶지 아니하무니다.

— 진짜 잘 멕인 돼지ㅋㅋㅋㅋㅋㅋ.

— 아, 진짜 살고 싶냐?

— 뒈져라 그냥.

최초의 사진 유포자가 누구냐로 얘기가 좁혀졌다. 빛나와 함께 페친으로 삼각관계 비슷하게 썸을 타던 남자아이와 여자아이가 있었다. 남자아이가 빛나에게만 관심을 보이자, 여자아이가 빛나의 모습을 까발린 것이다.

빛나는 엄마가 외출한 사이 제 방 행거에 목을 맸다.

장례식장에서 맞닥뜨린 아줌마의 모습은 감당할 수 없을 정도로 허물어져 있었다. 환하게 웃고 있는 영정 사진 속 빛나와는 다르게 그 앞에 죄인처럼 옹송그리고 있는 아줌마는 온기가 빠져버린 폐허 같았다. 그 폐허 속에는 사람을 서서히 미쳐가게 만드는 자책의 바람이 휘휘댔다. 아줌마는 그간 무심하게 넘긴 자신을 질책하고 또 질책하며 엄마를 보자 짐승 같은 소리로 울부짖었다. 아줌마와 엄마와 내가 한데 뒤엉겨 빛나 앞에서 울었다. 그것밖에 할 수 있는 게 없었다.

빛나를 보내고 온 후 엄마와 나는 서로의 방 안에 자신을 가두었다. 화장터의 불길 속으로 들어가는 빛나의 모습을 보고도 빛나의 죽음이 실감나지 않았다. 빛나에게 잘해주지 못한 기억만 떠올랐다. 말수가 적고 표현이 부족한 빛나를 기다려주지 못하고 내친 것이 내내 미안했다. 엄마는 매일 아침 눈뜨자마자 내 방문을 열며 괜찮니? 라고 눈으로 물으며 나의 안부를 확인하는 것 같았다. 엄마도 괜찮은 거지? 서로가 그렇게 안부를 물으며 하루하루 지나고 있었다. 아빠가 떠났을 때처럼.

몇 년 전, 아빠는 카메라 한 대와 가방 하나 달랑 메고 우리 곁을 떠났다. 엄마와 나를 보기 힘들어하는 자신을 견딜 수 없다며. 엄마는 그렇게 힘드냐고, 그렇게 견딜 수 없냐고 물은 뒤, 아빠가 눈물을 뚝뚝 떨구며 고개를 끄덕이자 보내주겠노라고 했다. 그런 당신을 바라보는 나도 몹시 힘들다고, 나도 당신을 바라보는 것이 고통스럽다고 덧붙이면서.

나는 이해할 수 없었다. 대체 무엇이 보기 힘들다는 것인지. 나는 엄마 아빠를 보는 게 최고로 좋은데, 왜 그게 힘들다는 것인지. 엄마 아빠는 살면서 싸우는 일도 거의 없어 보였다. 철수와 영희라고 놀릴 만큼 사이좋은 친구 같았다. 내가 보는 앞에서 닭살 행각도 서슴지 않았다. 엄마와 내가 부딪치면 아빠는 절대 내 편을 들지 않았다. 아빠도 엄마와 같은 의견이라면서 조곤조곤 나를 설득하려 했다. 그때마다 큰 섬에서 떨어져 나가는 외로운 섬 조각이 된 것 같아 한없이 쓸쓸했지만 곧 있으면 나는 큰 섬에 다시 붙을 거라는 믿음이 있을 만큼 두 사람에게는 언제나 큰 섬을 지키는 든든함이 있었다. 거기에는 아빠의 역할이 컸다. 아빠는 세심하게 나의 기분을 읽어주었고 내 편이기 때문에 그럴 수밖에 없는 거라고 토닥거리는 것도 잊지 않았다. 아빠는 내게 한 것처럼 엄마에게도 그렇게 편을 들어주었을 것이다.

그런데 왜?

아빠의 사업은 처음부터 고전을 면치 못했다. 엄마는 지쳐가다 점점 기대를 하지 않는 듯했다. 집안을 꾸려가는 무게는 점차 엄마 쪽으로 기울었다. 엄마는 강의 시간을 더 늘렸고 외부 강의도 마다하지 않았다. 다행히 엄마가 쓴 실용서적이 좋은 반응을 보이면서 그런대로 버팀목이 되어주었다. 그래서 괜찮은 줄 알았다.

아빠는 점점 의기소침해졌고 엄마 앞에서 한없이 작아지는 자신을 용납할 수 없었다.

엄마는 그런 아빠를 설득했다. 내가 당신의 능력과 결혼한 건 아니라고, 당신의 어떤 조건이 마음에 들어 당신을 선택한 것은 아니라고. 그냥 당신이 좋기 때문에 살다가 어떤 불행이 오더라도 감수할 자신이 있었고, 꼭 당신의 아기를 낳고 싶은 마음으로 시작한 거라고 했다. 능력이 있고 없고로 사람을 취하고 버릴 수 있는 건 아니지 않느냐고, 애초부터 그런 전제가 아니었기에 힘들어도 가는 것 아니겠냐고 덧붙였다. 꽃길이면 좋겠지만 어디 꽃길만 있겠냐고 다잡으며 온 지 오래됐다, 내가 있지 않느냐고, 당신이 고전하는 동안 내가 버텼고 앞으로도 기다려줄 수 있다고 말했다. 우리에겐 아직 시간이 많이 있다고.

아빠는 그런 당신에게 미안하다고, 미안해서 당신 곁에 더 이상 머무를 수 없다고 했다. 끈질긴 엄마의 설득에 아빠는 이렇게 소리쳤다.

—당신 곁에 있는 내가 벅차서 그래. 그게 너무 힘들어.

엄마는 아무 말도 덧붙이지 않았다. 나는 방문 밖으로 흘러나오는 침묵에서 엄마가 지금 얼마나 숨 쉬기 버거워하고 있을지 고스란히 느낄 수 있었다. 엄마, 괜찮아? 나는 속으로 그렇게 묻는 것밖에 할 수 없었다.

─쪽팔려서 그래. 당신한테 쪽팔려서 더 이상은 내가 싫어.

아빠는 최후 변론처럼 그렇게 덧붙였다.

재충전을 위한 휴식년제라고 생각하고 서로 시간을 갖자고 합의했다. 그러니까 엄마 아빠는 잠정적 별거인 셈이다. 아빠는 삶의 스펙트럼을 넓히겠다는 생각으로 외국으로 떠났고 엄마는 엄마의 할 일을 더 치열하게 하는 거로 봉합되었다. 그때부터 내게 그리운 사람은 먼 데 있는 사람이 되었다.

─진짜 쪽팔린 게 뭔 줄 알아? 피하는 거야. 사라지는 게 중요한 게 아니라 맞닥뜨려 살아내는 게 중요한 거야.

아빠가 떠나는 날 아침, 엄마는 아빠가 사라진 회색의 냉랭하고도 차가운 현관문을 향해 혼잣말처럼 뇌까렸다.

아빠 생각이 날 때면 예전에 올려놓은 아빠 계정의 인스타그램 사진을 보고 또 보았다. 떠난 이후 아빠의 계정은 업그레이드되지 않았다. 폐쇄하지 않은 게 어디냐며 위로 삼아야 했다.

빛나의 페북을 들여다보는 것도 일종의 그런 것이었다. 그동안의 미안함과 안타까움, 내가 뭔가를 놓친 것은 아닐까 하는 자책 등. 빛나는 페북만 살려두고 스마트폰에 있던 글과 사진은 모두 포맷시켰다고 했다.

문자 메시지함에 열어보지 않은 MMS 문자가 있는 것을 보게 되었다. 문자는 스팸이 많기 때문에 확인하지 않을 때가 많다. 발신자의 이름을 보고 누워 있다 용수철처럼 튀어 올랐다. 빛나였다.

심장이 두방망이질 치고 거친 숨이 뿜어져 나왔다. 그동안 왜 못 봤을까? 뭔가에 단단히 홀린 듯한 지난 며칠간의 일들을 돌이켜보았다. 진경우와 줄무늬 사건 이후 난 한동안 휴대폰을 꺼놓은 적이 있다. 손가락 끝이 떨렸다. 죄 지은 사람처럼 덜컥 겁부터 났다. 열어보는 순간 너도 빛나의 죽음에 일조하지 않았냐고 누군가 따질 것 같았다. 세상 사람들은 다 알고 있는 사실을 너만 모르고 있었냐고 윽박지를 것 같았다. 뻐근하게 통증이 일 정도로 숨 쉬기가 벅찼다. 숨을 크게 뱉어낸 뒤 열었다.

─미안.

두 글자 아래 사진 한 장이 올라와 있다. 이게 뭐지? 캡처해서 확대해보았다.

헉.

초등학교 때 가지고 놀던 테디베어였다. 학교에 가져간다고 떼 쓸 정도로 손에서 놓지 않던 인형이었다. 어느 날 감쪽같이 사라져 온 집 안을 뒤져도 나오지 않아 몇 날 며칠 징징댔었다. 아빠가 출장길에 사다 준 고가의 인형이라며 엄마도 못내 아쉬워했다. 여느 인형과는 다르게 보드랍고 윤기 나는 털과 목에 두른 리본에는 색색의 보석이 박혀 있고 앙증맞은 원피스도 섬세했다. 사진 속 테디베어는 시간이 멈춰 있는 듯 그대로였다.

그간 빛나를 볼 때마다 느꼈던 찜찜함이 이것 때문이었을까? 이 토록 오랫동안 자신을 가둘 수도 있는 것일까? 이 메시지를 보낼 때 빛나는 살아 있었다. 만약, 제때 메시지를 열어봤다면 뭐가 달라질 수 있었을까? 빛나가 보낸 마지막 신호였을지도 모르는데. 마지막 순간 답이 없는 나를 원망했을지도 모른다는 생각이 들자, 눈앞이 아득해졌다.

전화기를 들고 엄마 방 앞에 서 있다가 돌아섰다. 이 사실을 빛나 엄마가 알게 된다면? 너도 빛나의 죽음을 거들었다고 한다면? 숨이 턱 막혔다. 감당할 자신이 없다. 빛나는 이미 없다. 지금에서 인형의 행방을 밝히는 것이 무슨 의미가 있으며 이 메시지의 존재로 무엇이 달라질 수 있을까. 잘못하다간 빛나를 더 욕되게 할 수도 있다. 내가 빛나에게 마지막으로 해줄 수 있는 것이 무엇인가 생각해보았다. 비밀을 지켜주는 것, 그것뿐이라는 생각이 들었다.

방학이 시작되고 며칠 후 엄마는 내게 슬그머니 종이 한 장을 내밀었다.

—우주 속의 '나'를 실감하고 싶을 때 몽골 고비에 서보라.
—바람의 땅에서 바람의 언어로 '나'를 만나는 시간.

나는 뭐임? 하는 눈으로 엄마를 바라보았다.

"같이 가자. 비싼 여행임. 거절 안 됨. 이미 비행기 표 예약까지 다 끝났다."

"이번엔 여행 책 쓰기로 했어?"

"일 아니거든. 널 위해 준비했다."

"날 위해 준비할 거면 내가 가고 싶은 곳이 어디인지 한 번쯤 물어봐야 하는 거 아니야?"

"돈도 한 푼 못 보태면서 뻔뻔스럽기는. 국으로 따라와도 예쁠까 말까 한데."

"엄마, 전에 몽골 다녀오지 않았어?"

"이번엔 남동 고비야. 전에는 서북부 쪽이었고."

"뭘 몇 번씩 가고 그래? 어쨌든 난 안 가."

"시끄럽고, 올 여름 사막에서 한 개 점이 돼보는 거야. 아님 별이 돼보든가."

"싫어. 무슨 사막이야. 사막에 안 가도 난 어렸을 때부터 한 개 점처럼 외로웠다고. 뭘 그 외로운 체험을 하러 비싼 돈 들여 목숨 걸고 비행기 타고 고생고생하면서 거기까지 가."

"이건 선택 사양이 아니야. 올 여름방학 필수 코스야."

"왜? 누구 마음대로?"

"이렇게도 나를 바라보자는 거지. 삶이 한없이 좁아져 내가 버틸 수 없다고 생각될 때 엄마가 꼭 서봐야겠다고 찜한 곳이야."

삶, 한없이, 좁아진다……. 엄마 입에서 이런 말이 나올 때 나는 엄마의 동굴 깊이가 얼마나 깊고 어두울지 그 냄새가 느껴지는 것 같아 그냥 입을 다문다. 그 동굴에서 꼽등이 한 마리가 간신히 튀어나와 빛을 쬐려고 하는데 거기에 찬물을 끼얹을 수는 없지 않은가.

"그, 그래? 그렇게 가고 싶은 곳이야? 거기 가면 넓어질 거 같애?"

"아니, 넓어지는 게 아니라 숨이 쉬어질 거 같애."

"그렇게나? 심각해?"

"아니, 나보다 네가 더 심각한 것 같아서. 빛나 일도 그렇고. 그리고……."

"빛나 뭐?"

가슴이 덜컥 내려앉았다. 설마, 빛나의 문자를 알고 있는 건 아니겠지?

"왜 그렇게 놀래? 빛나에 대해 뭐 들은 거라도 있어?"

"내가 뭘? 엄마가 먼저 빛나 얘길 꺼냈잖아."

저절로 날이 섰다.

"엄마도 이렇게 힘든데 넌 더 힘들지 않을까 해서 하는 소리야."

내가 왜? 이렇게 덧붙이려다 입을 막았다. 여기서 더 말을 섞었다간 죄 불어버릴 것 같았다. 엄마는 말을 더 붙이려다 그만두었다.

엄마는 곧잘 나에게 여행을 선물로 주곤 했다. 나는 최신형 전화기나 태블릿 PC 이런 게 갖고 싶은데 엄마는 눈길조차 주지 않고 졸업, 생일 등 명목을 붙여 여행 다니는 것으로 대신했다. 아무튼 엄마는 세상 트렌드와 무관하게 돌아가는 사람이다. 돈보다는 추억을 유산으로 주겠다나 뭐라나. 받을 사람 취향 따지지 않는 일관성은 알아주어야 한다. 여행이 썩 좋은지는 모르겠는데 그렇게 나쁘지만은 않은 것 같아 그다지 거부 반응을 보이지 않은 내 탓도 있다. 덕분에 낯선 환경에 곧잘 적응하는 힘을 길렀는지도 모른다. 초딩 때부터 방학마다 다닌 캠프 덕분에 낯선 환경에 내동댕이쳐지는 것도 덤덤하게 받아들였다. 인간의 뇌는 처음엔 좀 당황스러워하지만 곧바로 적응하려고 무던히 노력한다고 어느 신경과학자가 말했다. 그것이 생존본능의 발로라는 것이다.

나는 일정표를 들여다보았다. 곧 있으면 열흘간의 일정이 나의 현실이 될 터이다. 일정표를 보자 눈이 점점 커졌다. 대륙 횡단 열차를 열두 시간 이상 타고 자동차로 아홉 시간 초원을 달리는 것도 비일비재했다. 프로그램 중 제일 기가 막힌 건 초원에서 하루 종일 어슬렁거리기였다. 고비에서 하루 종일 걷기도 있었다. 나는 숨이 턱 막혔다. 엄마는 그런 프로그램이 가장 마음에 든다고 했다. 자유로운 영혼인 엄마는 패키지여행을 할 때마다 내 가슴을 졸이게 했다. 자유 시간을 주면 눈 깜짝할 사이에 사라져 제시간에 모일 수 있을까 싶을 정도로 보이지 않을 때가 많았다. 일행들이 딸도 챙기지 않느냐고 얘기하면 엄마는 깔깔깔 웃으며 우리 집은 딸이 엄마를 챙기는 집이라 괜찮다고 했다. 엄마는 내가 채근하는 것이 성가시다고 모이는 장소와 시간을 한 번 더 주지시킨 후 자리를 뜬다. 각자 보고 싶은 것을 보자는 것이 우리 모녀의 흔한 풍경이었다. 그런데 정말 신기하게도 잠시나마 혼자의 시간을 갖고 눈에 들인 것은 오랫동안 잔영이 남아 있다. 한 가지 흠이라면 엄마가 제시간에 올까 가슴을 졸이는 일이 내 몫이라는 것이다.

엄마는 패키지여행은 볼 만하면 가자 하고 볼 만하면 모이라 한다고 불만이었다. 느낄 새도 없이 왔다 간다고 인증샷 찍는 식의 여행은 싫다고, 절대 그런 데는 가지 않겠노라고 지난번 터키 여행 이후 선언했다. 이건 그런 여행과는 차원이 다른 아주 스페셜한 여행이라고 했다.

나는 머리를 굴렸다. 이건 완전 엄마를 위한 여행 아닌가, 나의 희생을 전제로 한. 그렇다면 거래를 해야겠다는 생각이 들었다.

"조건이 있어. 이번 여행 군소리 없이 갔다 오면 눈 해줘. 한숨이 푹푹 나올 정도로 하나도 안 땡기는 여행이거든?"

"뭐? 아주 배가 부르셔요. 굳이 안 가셔도 돼요. 그럼 네 몫은 굳는 거니깐 더 좋고. 그거면 여름방학 동안 너 특강 끊어주고 엄마 혼자 유유자적 초원을 거닐면 되니까, 엄마도 덜 불안하고 좋지 뭐. 선택하시지, 특강을 들을 것인가? 끝없는 지평선과 하늘이 둥근 반원형으로 감싸고 있는 초원 위에서 나를 마주 볼 것인가. 반짝이 가루를 흩뿌려 놓은 듯한 은하수 아래 서볼 것인가."

엄마는 벌써 몽골 초원 한가운데 서 있다. 쏟아지는 별무리 속에 자신을 집어넣어 한 폭의 그림을 완성하고 있다.

특강이라는 말에 머릿속이 하얘졌다. 나는 다시 타협 자세로 들어갔다.

"그럼 내 제안을 생각이라도 해보는 건 어때?"

"뭐 그거야, 지금도 생각은 진행형이니까 걱정하지 말고. 아무튼 가보고 그건 그때 가서 또 생각해도 돼. 생각해보는 거야 뭐."

역시 엄마는 다른 사람들과는 다르게 확실히 빠르고 합리적이다. 서서히 엄마가 내 계획대로 넘어오는 것 같아 기분이 좀 풀리는 것 같기도 하고, 나도 실은 어른들이 말하는 바람이라는 걸 쐬고 싶었다. 좀 가벼워지고 싶다고 해야 하나? 빛나와의 비밀은 점점 젖어가는 옷처럼 무거워졌다.

현욱이한테 문자가 왔다.

— 방학특강 어디로? ㅠㅠ

— 몽골 초원 ㅠㅠ

— ???

— 피타고라스, 고생해라 ^^ ㅋㅋ

— 웬, 피타고라스?

— 수학 열심히 하라고 ㅋㅋ

아무리 생각해도 현욱이보다는 내 신세가 나았다.

내동댕이쳐지다

.

출발 날짜가 임박했다. 알고 보니 여행 계획은 오래전에 세워져 나에게는 통보식으로 알린 것이다. 미리 얘기하면 저항이 거셀 거라는 것을 알고 오랜 시간 시달리고 싶지 않은 엄마 나름의 꼼수였다.

학원에 가는 것보다 백 배 천 배 나았지만 한여름에 사막이라니, 햇볕이 얼마나 따가울 것이며 안 그래도 빨갛다 못해 까만 피부인데 더 그을릴 걸 생각하니 출발하는 날 아침이 달갑지 않았다.

리무진 버스를 타고 공항으로 향했다. 엄마는 버스 안에서 내 손을 잡았다. 엄마 손 위에 내 손을 포개 감싸 잡은 다음 부드럽게 쓰다듬었다. 나는 엄마가 부드럽게 나오면 슬슬 겁부터 났다. 무슨 잔소리를 하려고 이렇게 밑밥을 까시나 싶어서이다.

"왜 이러실까나?"

"고추장이니 김이니 이런 밑반찬 하나도 안 넣었다. 우린 무조건 현지식인 거 알지?"

"왜 그래? 새삼스럽게? 언제는 안 그랬어?"

그건 여행 때마다 철칙이었다. 언제 이곳 음식을 먹어보겠냐며 엄마는 튜브 고추장 하나 준비해 가지 않았다. 어렸을 때부터 엄마 나름의 논리를 세워 강요했음 강요했지 딸에 대한 배려는 눈곱만큼도 없었다. 어리니까 봐준다, 우리 집에서는 어림 반 푼어치도 없는 소리이다. 어렸을 때도 넘어졌다고 달려와 일으켜주는 건 내가 기억하는 한 없었다. 웬만해선 죽지 않는다거나 웬만해선 견딜 수 있다는 것이 엄마의 육아 지론이다.

그래서 나도 웬만한 것 가지고는 징징대지 않는다. 왜냐, 통하지도 않거니와 고집부리면 가차 없이 불이익이 돌아오기 때문이다. 밥투정하다 밥그릇 몇 번 빼앗겨보면 단박에 삶의 냉정함을 알게 된다.

"지난번에 엄마가 이 여행은 스페셜한 거라고 하지 않았어? 뭐가 스페셜하다는 거야?"

창밖에 흰구름과 파란 하늘을 이고 있는 플라타너스 이파리가 더없이 생기 있어 보였다.

"가보면 알겠지."

엄마는 무연히 앞으로 시선을 돌리며 말했다.

"뭐, 나한테 숨기는 거 있어?"

뭔가 촉이 이상했다. 엄마는 매사에 선명하지 않으면 움직이지 않는 스타일이다. 가보면 알겠지, 이런 안개 같은 말은 엄마 입에서 좀처럼 나오지 않는다. 뭔가 있는 게 아니라면.

탐탁지 않은 시작이었는데 나도 모르게 여행에 대한 기대가 부풀어 올랐다. 여행은 늘 그랬다. 떠나기 전까지는 귀찮고 막막한데 막상 가보면 그 이상이 있었다. 학교 학원 집, 뺑뺑이 도는 거에 비할 바는 아니다. 방학 특강으로 학원에서 찌는 것보다는 만세 만세 만만세였다. 리무진에서 쏟아져 나오는 에어컨 바람이 몹시 시원했다. 아니 상쾌했다. 창밖은 중복 더위로 자글자글 끓고 있는데.

공항은 휴가 피크라 사람들로 북적댔다. 캐리어를 끌고 미팅 장소로 향했다. 엄마는 슬쩍 가방을 바꿔 엄마 가방을 내 손에 쥐어주었다. 나는 무심히 양손에 두 개의 캐리어를 끌고 앞서 걸었다. 엄마는 슬그머니 내 캐리어에 손을 대며 끌었다. 나는 또 무심히 손을 놓으며 엄마에게 맡겼다. 그러니까 엄마와 내 캐리어가 바뀐 것이다. 엄마의 캐리어는 내 것보다 삼분의 일 정도 더 컸다. 열흘이 넘는 여행일 때 가져가는 것이다.

엄마는 미팅 장소를 향해 고개를 길게 빼더니 어떤 남자에게 손을 들어 인사했다. 인솔자인 모양이다. 그는 엄마에게 구십 도로 허리를 꺾어 인사했다. 웬 정중? 엄마와는 잘 아는 사이 같았다. 엄마가 나를 그에게 소개하자 그는 엄마 많이 닮아서 예쁘다는,

말 같지도 않은 말로 인사를 건넸다.

　엄마는 나에게 잠깐 앉아 있으라고 말한 뒤 멀찍이 떨어져 그 남자와 얘기를 주고받았다. 아주 긴한 얘기를 나누는 것 같았다. 엄마는 뒷모습만 보였고 반면 마주 서 있는 남자의 표정은 훤히 보였다. 엄마의 표정이 보이면 나름 유추할 수도 있는데, 무슨 얘기를 하는지 읽어낼 수 없었다. 남자는 얘기를 나누다 말고 크게 웃기도 엄마의 어깨 위에 임의롭게 손을 올려 토닥거리기도 했다. 그러면서 나를 쳐다보며 의미심장한 웃음을 흘렸다. 뭔가 이상했다. 굳이 자리까지 옮겨가면서 얘기를 나누는 것부터 수상쩍었다.

　일명 몽사모, 몽골을 사랑하는 사람들 모임에서 가는 거란다. 함께 가는 사람은 스무 명 남짓 되었다. 할아버지, 할머니도 있었고 엄마 또래의 아줌마 아저씨도 많았으며 간간이 나와 같은 고딩 정도로 보이는 애들도 몇 되었다. 대학생도 있는 것 같았다. 그야말로 각양각색의 각계각층 집합체였다. 그중에서도 단박에 눈을 사로잡는 사람이 있었다. 설마 저분도 일행일까 싶었는데 남자와 인사를 나누는 것을 보니 그런 모양이었다. 백발에, 옷이 완전 핑크 일색이었다. 그것도 형광빛이 도는 핑크인지라 어디에 있든 눈에 띄었다. 지나가는 사람들마다 흘끔거리거나 노골적으로 손가락질하며 키득거리기도 했다.

　"헐, 완전 대박."

　내가 할머니로부터 시선을 거두지 않자, 엄마가 옆구리를 찌르며 그만 보라는 신호를 보냈다.

"멋쟁이시구만. 살아보니까 정작 필요한 건 용기라는 생각이 들 때가 많더라."

"뭔 소리?"

"그냥, 저 할머니도 그런 거 같아서."

나는 할머니로부터 쉽사리 시선을 거두지 못했다. 할머니라고 보기에는 몸맵시가 정연하며 걸음걸이도 춤사위를 밟는 것처럼 가붓했다. 하얀 머리에는 어느새 핑크색 빵떡모자가 얹혀져 있었다. 그러고 보니 작은 배낭도 손에 들린 선글라스도 핑크색이었다. 헐, 구하기도 쉽지 않은 소품까지. 내 입에서는 연신 대박 소리가 비어져 나왔다. 그런데 할머니는 두리번거리거나 서성거리며 불안한 기색을 보였다. 손에 들린 핑크색 선글라스를 유난스레 떨었다. 하트 모양의 핑크빛 선글라스는 할머니를 더욱 현실감 없게 만들었다.

남자는 인원 체크 뒤 보딩패스와 명찰을 나누어주었다. 엄마는 건너뛰고 내 것만 주었다.

"엄마 건?"

"으응? 내 건 아까 받아뒀어."

"그래? 왜 따로따로 챙기고 그래? 엄마 거 챙길 때 내 거도 챙기지."

"그간 여행을 같이 다니긴 했지만 늘 자기 건 자기가 챙기고 다녔잖아. 출국장으로 나가는 순간 우린 독립체다. 알지?"

엄마는 어렸을 때부터 여권도 스스로 챙기도록 했다. 한꺼번에 가지고 있다가 잃어버리면 낭패라는 이유였다.

"내 말은, 그게 아니고."

"알아, 뭔 말인지."

"짐 부쳐. 이게 네 짐이야."

엄마는 감색의 큰 캐리어를 내게 밀어주었다.

"왜 이러세요. 이게 왜 내 거야, 엄마 거지?"

엄마는 내 캐리어를 당겨 옆에 두고 대신 엄마 캐리어를 밀어주며 말했다.

"오늘 아침에 네 짐을 그리로 다 옮겨 담았어. 네가 챙긴 거 하나도 안 빼놓고. 그리고 필요한 것 몇 가지 더 넣었어."

집에서 출발하기 전 엄마가 내 캐리어를 가지고 안방으로 들어갔다. 엄마 짐이 많아서 내 것에 넣으려나, 하고 무심히 넘겼다. 아무튼 이 무심함 때문에 난 망할 것이다.

"왜? 왜 그랬대?"

"네 짐만 가면 돼."

엄마는 아무렇지도 않게 말했다.

"뭔 소리래?"

"엄만 안 가."

엄마의 목소리와 표정은 아주 건조했다. 어떠한 내색도 없어서 더욱 믿기지 않았다. 그래서 더 이상했다. 순간 눈앞이 까매졌다. 설마, 엄마도 가, 이 소리를 잘못 들은 거겠지.

"응? 뭐라고?"

"이번 여행은 너만 가는 거야. 엄마는 작업할 게 있어서 못 가. 이해해줄 거지?"

완전 멘붕이었다.

"무슨 말이야? 다짜고짜 뭘 이해하라고?"

나는 눈알이 튀어나오려고 했다.

"누가 간다고 했냐고? 이러는 게 어딨어?"

"조용히 해. 애처럼 굴지 말고."

"내가 애지 어른이야? 이거 엄마가 애 유기하는 거야. 것도 해외로. 법적으로 따져도 문제 있어."

"아이고, 이럴 때는 왜 이리 똑똑하셔."

"나, 장난 아니야. 안 가. 안 간다고. 엄마야말로 지금 나한테 장난하는 거지?"

나는 목소리를 누르며 핏대를 올려 말했다.

"네 배낭 안에 편지 넣어놨어. 그건 비행기 안에서 읽어."

점점.

"말도 안 돼, 정말이야? 내가 무슨 어린애라고 이런 걸 숨기고 그래? 진즉에 얘기하면 마음의 준비라도 하잖아. 이게 무슨 짓이야 엄마아아~, 매너 없게."

나는 사람들이 보거나 말거나 소리를 빽빽 질러가며 따졌다. 엄마는 예상했다는 듯 한동안 아무 대꾸도 하지 않고 외면한 채 줄에서 벗어나 멀찍이 떨어지려고 했다. 남들 눈은 신경 쓰인다 이 말이지? 창피하다 이거지? 나는 애 잘 몰라요. 이거다? 나는 산더미만 한 캐리어를 소리 나게 끌고 엄마에게 들이대듯 다가갔다. 어디 창피 좀 당해보라는 식으로. 엄마는 줄에서 나오려는 나를 두 손으로 저지하며 힘을 주었다.

멘붕이 오다 못해 기절할 지경이었다. 솔직히 겁이 났다. 외국에 달랑 혼자 가는 것은 처음이다. 것도 아는 사람 없이. 그래, 열일곱이면 충분히 혼자 갈 수 있다. 일곱 살이면 못 갈까. 그렇지만 처음부터 혼자 가는 거라고 작정하는 거랑 공항 데스크 앞에서 같이 가기로 한 사람이 펑크 내는 거랑은 차원이 다른 문제다.

"엄마도 정말 가고 싶은데 상황이 그렇게 됐어. 그리고 엄마 못 간다고 하면 네가 안 가는 건 뻔하잖아. 같이 가자고 하는 것도 사정사정해야 하는 판에. 조건이니 뭐니 하며. 아 참, 네가 조건 내세운 거 기억하고 있으니까 암말 말고 다녀와. 여기서 안 간다고 뻐팅기면 그 조건은 사라지는 거 알지?"

"아이고, 참 구차하시네요, 어머니."

"이렇게 받아줄 줄 알았다, 씩씩한 내 딸."

"천만에요. 그래도 이런 식은 아니거든요. 하나밖에 없는 딸을 비행기 태워 사막으로 유배시키는 엄마가 어딨어? 이건 여행이 아니라 유기라고, 갖다 버리는 거나 마찬가지라고요."

엄마는 입을 가리고 웃기 시작했다. 나는 기가 막힌 표정으로 엄마에게 쏘아붙였다.

"재밌어? 재밌냐고?"

"아이고 배야. 너 왜 이리 똑똑해졌냐? 무슨 죽으러 가니? 남들은 가고 싶어도 못 가는 여행인데, 엄마가 눈 딱 감고 거금 들여 보내는 거야."

"누가 가고 싶다 했냐고?"

눈물이 나오려고 했다. 홀로 뚝 떨어져 고아가 된 느낌이 들었다. 아무 말도 하고 싶지 않았다. 기운이 쏙 빠져 맥없이 엄마를 바라보기만 했다.

"자, 네 차례다. 빨리 가방 올려."

엄마는 내 등을 밀며 데스크를 향해 턱짓을 했다. 이 짐을 부치면 끝이다. 더 이상 유보할 방법도 없다. 내가 원망 어린 눈으로 엄마만 계속 바라보자 엄마는 캐리어를 번쩍 들어 수화물 컨베이어 벨트 위에 올려놓았다. 승무원이 여권과 티켓을 내놓으라는 듯 나를 빤히 쳐다보았다. 엄마는 눈짓으로 여권과 티켓을 올리라고 했다. 엄마의 눈빛 속엔 여러 가지 복합적인 게 들어 있었다. 믿는다, 미안하다, 잘 갔다 와라, 사랑한다, 잘할 수 있지? 등도 있었지만 한편으로는 재미있어 죽겠다는 장난기도 들어 있었다. 그래서 나는 일말의 믿고 싶지 않은 마음을 놓지 않았다.

나는 정말 내놓고 싶지 않았다. 내가 머뭇대며 엄마에게 눈으로 이게 실제 상황이냐고 물을 동안 엄마는 내 손에 든 것을 낚아채 데스크 위에 올려놓았다. 어리광 피우지 말라는 듯 손길은 단호했다. 감색 캐리어는 컨베이어 벨트를 타고 유유히 눈앞에서 사라졌다. 끝이었다. 믿기지 않으며 내키지 않는 시간의 시작이었다.

바로 출국장으로 이동하라는 남자의 목소리가 들렸다. 여행이 아니라 가고 싶지 않은 곳에 억지로 끌려가는 기분이었다. 생면부지 사람들 속에 내동댕이쳐지는 것도 모자라 아무것도 없는 사막으로 팽개침을 당하다니. 그래 버려진 기분. 엄마가 이런 기분을 아냐고. 무슨 엄마가 이래? 이건 완전 폭력이야. 물리적으로 때리는 것만 폭력이 아니라, 아무것도 모르는 사람 뒤통수치는 것, 그래서 충격에 빠트리는 것. 그게 폭력이다.

남자가 엄마를 향해 말했다.

"누나, 너무 걱정 말아요. 잘 다녀올게요."

뭐? 누나? 도대체 무슨 관계야?

"응, 그래 부탁한다. 몽아."

몽아? 저 남자 이름이 몽? 저 남자도 이름 때문에 꽤나 놀림을 당했겠다. 내 이름만큼이나. 세상에 어떤 부모가 조사를 자식 이름으로 쓰냐고. 내 이름은 이든이다. 송이든. 온라인 국어사전에 내 이름을 쳐보면 "자음으로 끝나는 체언 뒤에 붙어, 주로 '~이든 ~이든'의 구성으로 쓰여, 열거된 것들 가운데 어느 것이나 상관없음을 나타내는 보조사"로 나온다. 애를 낳고 정신이 어떻게 된 게 아닌 이상 어떻게 보조사를 이름으로 쓰냐고요. 엄마와 아빠는 출산 계획을 세우다 아들이든 딸이든 상관없다로 결론 내렸다. 그래, 상관없잖아 무엇이든, 하다가 이든으로 하자고 제안하고 동의하였다. 난 그 사실을 알고 이렇게 책임감 없고 가벼운 부모가 또 있을까 싶었다.

— 이름이 이든? 근데 이든이 무슨 뜻이야?

— 으응? 조사이긴 한데. 무 무엇이든 다 된다 뭐뭐, 그런 좋은 뜻이야.

— 조사? 조사가 뭐야?

— 정확히 얘기하면 보조사야. 보조사는 있지, 문법 용어…… 됐다. 나중에 너 더 크면 얘기해줄게.

에고 내 팔자야. 이렇게 자기 이름을 해명하듯 덧붙여야 하는 팔자라니. 중학교 때까지만 해도 이름에 대한 설명이 반나절은 족히 걸렸다.

뭘 부탁한단 말이야, 대체. 완전 짐짝 떠맡기듯 남의 손에 딸의 안위를 넘기는 엄마다. 어떻게 저렇게 이름 짓듯 무심한지 이해할 수가 없다. 빛나 엄마나 현욱이 엄마에 비하면 우리 엄마는 도무지 납득이 안 가는 부류이다. 인정사정도 피도 눈물도 없는.

"헤이, 송이든, 가자."

몽이 환기시키듯 소리쳤다. 이제 네 운명은 내 손에 달렸다고 으

름장을 놓는 것 같았다. 몽이 좀 전에 내게 흘린 의미심장한 웃음이 무엇인지 이제야 알 것 같았다. 이제 엄마에 대한 감정은 배신감으로 치달았다. 도대체 무슨 꿍꿍이인지 알 길이 없다. 그러니까이 여행은 저 남자와 모종의 공모가 이루어졌기 때문에 가능했을 것이다. 그간 엄마는 이러한 계획을 짜며 얼마나 쾌재를 불렀을까. 엄마는 계획의 클라이맥스를 시뮬레이션하며 내내 즐거웠을 것이다. 이건 엄마한테 옴팡지게 한 방 먹은 거다.

신발 뒤축을 질질 끌며 출국장으로 향하자, 엄마는 내 등을 토닥거렸다. 나는 신경질적으로 등 뒤의 손을 내떨었다. 이제 와서 무슨 위로의 토닥임이냐고, 그딴 거 필요 없다는 무언의 항거였다. 출국장을 나갈 때까지 나는 엄마를 보지 않을 것이다. 엄마가 나한테 매몰차게 했듯이 나도 엄마한테 차갑게 굴 것이다.

출국장 앞에 줄을 서서 기다리는 동안 엄마 쪽을 바라보지 않았지만 내내 신경은 그쪽으로 향했다. 줄이 조금씩 줄어들어 안쪽으로 들어갈수록 엄마 쪽으로 고개를 돌리고 싶은 마음과 돌리면 안된다는 생각이 치열하게 싸웠다. 도살장으로 팔려가는 소 모양새로 쭈뼛쭈뼛 빨려 들어가는 내 모습이 안쓰러워 엄마도 속 좀 쓰려봐야 한다. 나는 디근자로 꼬부라지는 줄에서 기어이 엄마가 있는 쪽으로 고개를 돌렸다. 이건 생각과 무관하게 자동반사 같은 거다. 여기서 꼬부라지면 엄마가 보이지 않을 거라는 걸 뇌가 어느새 계산하고 본능적으로 돌아간 거다. 웬걸, 엄마는 전화 통화하며 웃느라 허리를 접었다 폈다 했다. 아주 유쾌한 표정으로 통화하며 내게 손을 흔들어 보였다. 기가 막혔다. 동네 슈퍼 심부름 보내는 정도로 여기는 저 여유. 뭘 바라나, 엄마한테 그렇게 당하고도 정신을 못 차리다니.

그때, 누군가 내 등을 톡톡 두드렸다. 아주 가벼우면서도 매너 있는 손놀림이었다. 쿡 밀치는 것이 아니라 상대방이 무안하지 않도록 배려한다고 해야 하나? 무심히 뒤돌아보았다. 내 또래의 남학생이었다. 명찰을 보니 일행이었다. 허단. 여긴 이름 불쌍한 사람들만 죄 모아놓은 모양이다. 허단은 턱짓으로 앞을 가리켰다. 어느새 앞 사람과의 사이가 한참 벌어져 있다. 나는 허둥지둥 달려 앞사람 등 뒤에 바짝 붙었다. 그 바람에 엄마 모습을 놓치는 것도 알아채지 못했다. 검색대 위에 배낭을 올리고 양팔을 벌리고 탐지기를 통과한 뒤에야 출국장 밖이 전혀 보이지 않는다는 것을 알았다. 벌써 타국 땅에 떨어진 기분이었다.

흘러가는 사람들의 발길을 따라 무심히 브릿지를 걷다가 갑자기 숨 쉬기가 버거웠다. 갑갑한 통 속으로 빨려 들어가는 것만 같았다. 여행이 아니라 버려졌다는 기분이 또 고개를 들었다.

이젠 분하지도 않았다. 좌석 등받이에 몸을 묻고 눈을 감았다. 관자놀이가 지끈거렸다. 무지하게 열 받은 뒤의 증상이다. 에라 모르겠다는 심정으로 잠을 청했다.

얼마나 잔 것일까. 이륙한 지 얼마 되지 않은 것 같은데 잠이 혼곤했던 모양이다. 누군가 어깨를 톡톡 두들겼다. 눈을 뜬 뒤 비행기 안이라는 것을 알아채고 이 상황을 부정하고 싶었다. 현실은 그런 개인의 심정과는 거리가 멀게 돌아간다는 것을 알 만한 나이지만 그래도 이건 아니지 않느냐고 마구 따지고 싶었다. 생각할수록 황당했다. 나는 천천히 왼쪽 어깨를 두드린 사람을 향해 고개를 돌렸다. 허단, 이렇게 근접한 거리에 남학생이 앉아 있다니. 허단과 나 사이에는 팔걸이 하나밖에 없었다. 그것도 얇고도 빈약한 이코노미 좌석 팔걸이. 나는 자는 사람 왜 깨우느냐고 딴지 거는 눈빛으로 허단을 바라보았다. 허단은 그런 나의 태도와는 아랑곳없이 이렇게 말했다.

"비프? 치킨?"

뭐래? 혹시 우리말을 모르나? 나는 자리를 고쳐 앉으며 다시 허단을 바라보았다. 허단은 제 식탁 위에 있는 두 개의 식판을 가리켰다. 그러니까 내가 비프를 먹는다면 자긴 치킨을 먹겠다는 뜻이고 내가 치킨을 먹겠다면 비프를 먹겠다는 뜻이렷다.

"비프."

나도 허단의 말투를 그대로 받아 짧게 답했다.

"안 돼."

"뭐?"

나는 허단의 어처구니없는 대답에 딸꾹질 같은 소리로 되물었다. 나는 안 돼, 라는 대답을 어떻게 받아들여야 할지 몰라 잠시 어리둥절했다. 그럼 왜 물어봐? 그냥 떠본 거야? 얼핏 봐서 또래이거나 한두 살 차이일 것 같은데. 어린 게 잔머리는?

어떻게 하면 비프를 가져올 수 있을까. 나는 눈알을 굴리며 계산했다. 순순하게 비프를 내놓을 것 같진 않았다. 할 수 없지, 그렇다면 약탈해오는 수밖에. 몽골은 약탈 문화라고 배웠는데 몽골 땅에 도착하기 전에 준비운동 한다 생각하면 될 것이다. 비프는 나와 거리가 먼 쪽에 놓았을 것이다. 내 쪽에는 치킨이 있을 것이다. 나는 팔을 뻗어 잽싸게 먼 쪽의 식판을 가져왔다. 허단은 나의 기습에 벙찐 표정이었다. 뭐 이런 게 다 있어, 하는 얼굴로 나를 바라보았다. 그러더니 하하하 웃어 젖혔다. 아주 통쾌하다는 듯이. 혹 또라이 아니야? 아까 안 돼, 소리가 단말마처럼 튀어나올 때부터 알아봤어야 했다.

은박지로 된 뚜껑을 열었다. 맙소사 치킨이었다. 오늘 일진은 완전 꽝이다. 고개를 돌려 허단을 쏘아보았다. 허단은 태연하게 불고기 한 조각을 찍어 입에 넣었다. 누가 자기 마음대로 메뉴를 고르래? 메뉴를 멋대로 고른 사람이 책임져야 하는 거 아니야? 나는 따지고 싶은 말이 굴뚝같았지만 삼켜버렸다. 이 보 전진을 위한 일 보 후퇴다. 또라이 잘못 건드렸다간 괜히 비행기 안에서 국제적 망신을 당할 수도 있다.

허단은 빵을 갈라 샐러드를 넣어 정성스럽게 샌드위치를 만든 뒤 한입에 털어 넣었다. 그런 허단을 바라보다 눈이 마주치자 아주 어색했다. 두 번 다시 마주치고 싶지 않은 불쾌함 같은 것을 서로 표했다. 그깟 비프 하나로 쪼잔하게 사내자식이. 현욱은 먹을 거 가지고는 지질하게 굴지 않았다. 초딩 때부터 하교 때 간식 값은 항상 현욱이가 댔다. 그것도 순전히 내가 먹고 싶은 메뉴로. 허단이 현욱이보다는 인상이 좀 나았다. 좀이 아니라 훨씬 나아 보이긴 했다. 하긴 현욱이만큼 드러운 인상이 또 있을까마는. 그래도 나는 현욱을 오래 봐서 그런지 그런대로 점점 봐줄 만했다.

"송이든, 잘 자고 무엇이든 잘 먹고 있냐?"

몽이었다. 나는 눈을 느리게 감았다 떴다. 벌써 별명이 꿈틀거리고 나올 기세였다. 무엇이든 하다가 결국 아무거나로 불리게 될게 뻔했다. 그게 아이들이 별명 붙이는 순서였다.

"네. 뭐."

몽은 빙글빙글 웃음기 묻어나는 표정으로 단과 나를 번갈아 바라보았다.

"야, 너네 둘이 친구 하면 되겠다. 둘 다 고 1인 거 알지?"

그걸 제가 어떻게 알겠어요, 라고 덧붙이고 싶은 걸 삼켰다. 보아하니 엄마랑 각별한 사이 같던데, 엄마한테 무슨 말로 첩자처럼 고자질을 할지도 모르기 때문이다.

몽과 엄마가 오랜만에 우연히 만난 곳은 사진 전시회였다고 한다. 〈브레송 전〉, '영원한 풍경의 결정적 순간'이라고 했다. 몽이 말하는 어휘 속에서 순간 아빠가 떠올랐다. 풍경, 결정적 순간……, 엄마는 전시회에 다녀온 것을 내게 말하지 않았다. 아빠 생각이 나서 갔다 온 것일까.

몽은 시키지도 않은 말을 주절주절 늘어놓았다. 몽골 고비 사진 앞에 어떤 여자가 넋을 놓고 서 있는 거야. 가만히 보니 선배더라고. 못 본 지 근 이십 년이 다 돼가는데 한눈에 알아봤다. 네 엄마 미모는 여전하더라.

엄마와는 대학 때 사진 동아리 선후배 사이라고 했다. 엄마는 밥을 제일 잘 사주는 선배였고 거기다 제일 예쁘기도 했으며 남녀를 떠나 인간으로서 관계의 아름다움이 무엇인지 보여준 유일한 선배라고 했다. 아빠가 옆에 없었다면 엄마에게 프러포즈할 사람이 줄을 섰을 것이라고 덧붙였다. 그 말을 할 때 슬쩍 옆에 있는 허단의 눈치를 보는 듯했다.

몽이 기획한 이번 여행을 함께 가자고 제안했고 엄마는 흔쾌히 응했다고 한다. 그런데 왜 엄마가 가지 않고 내가 가게 되었을까요? 엄마가 응한 거지 제가 응한 건 아니거든요.

가방 속에 편지를 넣어놨다는 말이 떠올랐다. 좌석 아래 처박아두었던 배낭을 들어올렸다. 메고 있을 때는 몰랐는데 묵직했다. 넣어놓지도 않은 책 두 권이 들어 있다. 몽골의 역사와 문화에 관한 책과 몽골 사진 화보집이었다. 편지는 화보집 속에 있다. 광활한 평지에 달랑 돌탑 하나 있고 그 위에 푸른 깃발이 펄럭이는 장면에 끼워져 있다.

하이, 송이든.

이 편지를 보고 있을 때면 베이징? 하늘을 날고 있을지도 모르겠다. 기분은 좀 풀어졌니? 사실은 널 위해 특단의 조치가 필요하다고 생각했어. 성형 얘기도 그렇고, 빛나 일도 있었고. 한동안 네가 노트북과 스마트폰을 손에서 놓지 않을 때 솔직히 좀 겁났어. 빛나 일이 있고 나서는 더욱 그랬고. 네가 부쩍 달라 보이기도 했어. 이건 엄마 마음이 그래서 그렇게 보였는지도 모르겠다.

미안하지만 전화기는 로밍도 안 되지만 몽골 고비에서는 손전등, 망치로나 쓰일까 통신에는 전혀 무용한 물건이다. 아, 카메라 기능은 되니 몽골 비경 많이 담아오고. 못 간 엄마한테 눈요기라도 시켜줘야지. 이게 얼마짜리 여행인데.

책은 오가며 비행기 안에서 보든가, 잠자리 들 때 잠이 오지 않으면 보라고 넣어두었다. 넌 책이 수면제잖어. 캐리어에 있는 양산은 사막에서 볼일 볼 때 필요할 거야. 그게 화장실이 되어줄 거다. 썬크림도 넣어놨다, 꼭 바르고 다니고. 미스트도 넣어놨어, 무척 건조할 거야. 얼굴에 자주 뿌려주고. 간혹 세수를 못 할 때가 있거나 손 씻을 물도 없을 때가 많을 거야. 물티슈와 클렌징티슈 넣어놨다. 잘 챙겨서 쓰고.

고비가 사막이라는 뜻인 거 알지? 말 그대로 사막 여행이야. 쾌적함이나 풍족함, 이런 거와는 거리가 먼 곳이야. 낮에는 되도록 얇은 긴팔 옷과 긴 바지 입고, 아침저녁으로는 기온차가 심해 추울 테니 점퍼 챙

겨 입고. 솥과 얇은 이불도 넣어놨다. 초원에서 잘 때 요긴할 거야. 이
동이 잦을 텐데, 물건들 잘 챙기고. 봉투 속에 천 원짜리와 1달러짜리
넣어놨으니 호텔방 나설 때 팁 놓는 것 잊지 말고.

웬 오버냐고? 엄마답지 않게 뭘 그리 자상한 척 구구하게 썼냐고?
미안해서 그래. 그리고 엄마가 주는 미션. 친구'들' 많이 사귀어 오기.
친구는 성별, 나이, 동식물을 떠나 가능하다고 했지?

엄마는 빛나 엄마랑 함께 있을 거야. 자칫하다간 빛나 엄마도 잃을
것 같아 불안하다. 마음 편히 사막의 초원을 거닐 수 없을 거 같아서 결
정한 거야. 그러니 너무 원망하지 말고.

이든, 쓰러지는 것보다 중요한 건 견디는 거야. 그러려면 힘이 필요
하겠지? 이번 여행이 스페셜할 거라고 했는데 그곳의 무엇을 보러 가
는 것이 아니라 '나'를 만난다면 그보다 더 특별한 여행이 또 있을까?

송이든, 이제 얼굴 펴고 좀 웃어라, 알았지?

편지를 접어 책갈피에 넣을 즈음 공연히 눈물이 났다. 푸른색 깃
발이 펄럭이는 돌탑 위에 다시 편지를 올려놓았다.

핑크할머니와 나

스무 명 일행의 깃대 역할을 하는 것은 단연 핑크할머니였다. 비행기에서 내릴 때도 입국 수속을 하거나 가방을 찾을 때도 핑크할머니만 찾으면 되었다. 핑크할머니 곁에는 늘 몽이 있었고, 몽은 아들처럼 할머니를 살폈다. 핑크할머니가 최고령자처럼 보였다.

입국 심사를 위해 줄을 서자 허단은 내 뒤에 그림자처럼 붙었다. 그러고 보니 출국할 때도 그랬다.

"비프, 혼자 왔냐?"

내가 뒤돌아보며 도발처럼 묻자 허단은 움찔하며 상체를 뒤로 젖혔다. 무방비로 있다가 당한 모양새이다. 허단은 제 명찰을 손으로 가리키며 말했다.

"한글 모르냐? 뒤끝 은근 길다 너. 닭 먹은 게 그렇게 억울하냐?"

어쭈, 제법 말도 길게 할 줄 아네.

"그럼, 넌 소고기 먹은 게 그렇게 좋냐?"

그때 몽이 인원 체크를 하며 다가왔다.

"어, 둘이 벌써 사귄 거야?"

이 아저씨 봐라, 뭘 사귄다는 거야? 화장실이 어디예요? 라고 물어보기만 해도 사귄다고 할 사람이네. 나는 대꾸 없이 싸한 눈길로 시선을 돌렸다. 몽이 앞쪽에 있는 핑크할머니 쪽으로 자리를 옮기자 나는 다시 허단을 돌아보며 물었다.

"넌, 왜 매번 내 뒤에 있는 건데?"

"아, 그랬냐? 별걸 다 신경 쓴다 너. 그럼 내가 앞으로 갈까? 미안하지만 일행이라 어쩔 수 없이 줄 서다 그렇게 된 건데, 불편하다면 앞으로 가고."

아주 한마디도 지지 않고 꼬박꼬박 들이댄다. 현욱이처럼 멍청한 과는 아닌 모양이다.

캐리어를 찾기 위해 컨베이어 벨트 앞에 서 있다가 다른 가방과 착각하는 바람에 그만 놓치고 말았다. 엄마는 쓸데없이 가방을 바꿔서 헷갈리게 한다. 한 바퀴 더 돌 때까지 기다려야 한다. 허단은 제 가방을 가볍게 들어 올리고 박스로 된 짐도 찾아 공항 캐리어에 잔뜩 쌓아 올렸다. 이 여행의 짐꾼인 모양이다. 보기보다 제법 의젓한 구석도 있어 보인다.

몽이 분주하게 오가면서 일행들을 챙기며 허단에게 말했다.

"허단, 짐 다 찾았냐? 다 찾았음 나가 있지."

허단은 머뭇대며 서 있다.

"이든, 캐리어 아직?"

몽이 나를 보며 물었다.

"네, 놓쳤어요."

벨트가 한 바퀴 돌자 내 캐리어가 다시 나타났다. 캐리어를 들어 올리려 끙끙댈 때 허단의 손이 쑥 들어와 가볍게 들어냈다. 그런 뒤 허단은 짐짓 모른 척 제 캐리어카를 몰고 출구 쪽으로 향했다.

사람들 무리 속에서 핑크할머니를 찾았다. 그런데 핑크할머니가 보이지 않았다. 무리 속에 머리 하나가 더 튀어나온 몽이 보이자 허단이 제 키만 한 짐을 끌고 앞섰다.

공항 출구에 다다르자 바깥 바람이 불어왔다. 후텁지근한 바람일 거라 생각했는데 전혀 아니었다. 이곳이 몽골이구나. 지금쯤 우리나라는 매년 신기록을 경신하며 수은주가 올라가네 어쩌네 하고 있을 텐데, 완전 가을바람이었다. 에어컨을 틀어놨나 싶을 정도로 서늘한 바람이 하늘로부터 내려왔다. 하늘은 높고도 맑았다. 생각보다 아주 쾌적했다. 일행들은 곁눈질로 명찰을 확인하며 하나둘 모여들었다. 다들 바람이 다르다며 탄성을 질렀다. 신선한 바람이 여행에 대한 기대를 한껏 부추겼다. 더위를 피해 온 것만으로도 잘했다 싶은 표정들이었다. 나도 바람에 이렇게 위안을 받는건 처음이다.

몽이 허둥대며 누군가를 찾았다. 핑크할머니를 찾는 것 같았다. 일행 중 누군가 화장실에 간 것 같다고 하자, 몽은 나에게 다급한 눈길로 화장실 좀 잠깐 들어가서 찾아봐달라고 했다. 엄마와 친하다는 핑계로 나를 심부름꾼으로 쓸 모양이다.

핑크할머니가 어린아이도 아닌데 허둥대는 몽을 보자 좀 이상하다는 생각이 들었다. 여자 화장실 입구에는 줄이 길었다. 줄 앞에 핑크할머니가 보였다. 트렁크까지 끌고 들어가 있었다. 차례가 되자 가방 맡길 사람을 찾는지 두리번거렸다. 나는 핑크할머니에게 명찰을 보여준 뒤 가방을 맡고 있겠다고 했다. 핑크할머니는 형광 핑크빛보다 더 환하게 웃으며 가붓한 몸놀림으로 화장실에 들어갔다. 가방을 잡고 있는 내 손을 두어 번 토닥거린 후다.

"에헤이, 죽는 줄 알았네. 오줌 마려워서."

핑크할머니는 편안해진 얼굴로 옷매무새를 정리하더니 어여 앞장서라고 했다. 몽은 핑크할머니를 보자 안도의 숨을 몰아쉬며 나에게 고맙다고 했다. 일행 모두 핑크할머니를 기다린 모양이었다. 시선이 일제히 핑크할머니와 나에게로 쏠렸다.

"에헤헤이 아이구, 시원타. 여긴 워째 이리 시원하다!"

핑크할머니는 공항을 나서며 냅다 소리쳤다. 일행 모두들 깜짝 놀라 핑크할머니를 흘끔거리다 와하하하 웃음을 터트렸다. 그러자 핑크할머니는 더 크게 웃어 젖혔다.

버스에 탄 후 좌석을 둘러보자 혼자 온 사람과 그렇지 않은 사람이 구분되었다. 나는 뒤쪽으로 들어가 앉았다. 허단과 대학생으로 보이는 남자는 맨 뒷좌석을 차지했다. 허몽은 숙소 방 배정을 알려준다고 했다. 그것도 문제였다. 낯모르는 누군가랑 계속 방을 써야 할 텐데. 은밀한 모습이 노출되는 건 그렇다 쳐도 숙소에서 남는 시간, 아니 남는 시선을 생각하면 숨이 콱 막혔다. 전화도 무용지물이라고 했다. 생각할수록 미간이 구겨지고 눈에 힘이 들어갔다. 엄마는 이런 곤란함은 생각해본 거야? 생각했다 해도 그런 것도 겪어봐야 한다며 냉정하게 말했겠지. 혼자라는 건 언제나 낯설며 버겁다. 인지는 하되 절대 익숙해지지는 않을 것 같다. 다시 원망스러움이 스멀스멀 기어올랐다. 어쨌든 혼자 온 사람과 짝이 될 터였다.

"송이든, 오복례 님."

몽이 호명하자 맨 앞에 앉은 핑크할머니가 손을 번쩍 들며 얼굴을 보였다.

"저유, 저 여깄슈."

"두 분이 같은 방을 쓰시면 됩니다. 아, 혼자 오신 분들이 더러 있어서 다음 날 방 짝은 바뀔 수 있습니다. 서로 마음에 들지 않더라도 하룻밤 사귀어 보심이."

몽이 눈썹을 씰룩거리며 능청을 떨자 사람들이 또 왁자하게 웃었다. 나는 하나도 웃기지 않았다. 핑크할머니는 나와 눈이 맞자 아주 흡족한 웃음을 흘리며 손을 흔들었다. 나는 표정 없이 고개만 까딱했다. 할머니는 처음과는 다르게 안정되어 보였다. 두리번 거리며 흔들리던 눈빛이 사라지고 평범하면서도 귀여운 할머니 모습이었다.

버스는 울란바토르 시내에서 벗어나 달렸다. 구릉 같은 나지막한 산이 보였지만 나무는 없었다. 잔디를 심어놓은 것같이 등성이는 민둥했다. 토흘 강가의 물풀과 나무 몇 그루 외에 멀리 침엽수처럼 보이는 게 나무의 전부였다.

아담한 호텔이 첫날 숙소였다. 말이 호텔이지 방이 여러 개 되는 좀 큰 집 같았다. 객실은 엘리베이터 없는 이 층에 있다. 규모가 작은 탓인지 직원도 몇 안 되었다. 다들 불편함을 즐기러 온 사람들인 양 불평 한마디 없이 가방을 올렸다. 핑크할머니는 버스에서 내린 뒤 나를 졸졸 따라다녔다. 방 짝이라는 것을 티내려고 그러는 것 같았다. 계단을 올려다보며 한숨 쉬고 있을 때 허단이 나타나 핑크할머니 캐리어를 들고 이 층으로 올라갔다. 핑크할머니가 허단의 뒤를 따라 올라갔다. 허단은 계단을 내려오며 내 캐리어는 본 체도 하지 않았다.

"아가, 어여 올라와."

핑크할머니가 이 층 로비에서 소리쳤다. 핑크할머니는 어디서든 튀었다. 그러고 보니 방 키를 내가 가지고 있다. 아가라니. 나는 할머니가 더 소리치기 전에 올라가야겠다고 생각했다. 다시 계단을 올려다보았다. 완만하게 돌아간 나선형 계단이 더욱 길어 보였다.

중간에 두어 번은 쉬어야 할 것 같았다. 심호흡을 한 뒤 캐리어 손잡이를 잡고 들어 올리려는 순간 부드러운 목소리가 날아들었다.

"안녕, 혼자 들기에는 무리일 것 같은데. 도와줄까?"

대학생이라고 하던 우석 오빠였다.

"네? 아, 네."

나는 절로 얼굴이 펴졌다. 허단은 아무렇지도 않게 박스를 옮기며 내 옆을 지나 계단을 바쁘게 오르내렸다.

핑크할머니는 침대에 벌렁 드러누웠다.

"아이고 대간하다. 아무것도 안 하고 뱅기만 타고 왔는데도 이리 피곤하니 원. 그래도 여가 마음이 편허네."

할머니는 천장을 보며 넋두리하듯 혼잣말을 했다. 편한 옷으로 갈아입는다더니 역시 핑크색 티셔츠에 옅은 회색 치마를 곱게 받쳐 입었다. 막내 이모 결혼할 때 외할머니가 입던 한복 같았다. 연분홍 저고리에 연회색 치마를 곱게 입고 두 볼에 홍조를 띠던 외할머니. 핑크할머니 속에서 자꾸만 외할머니가 겹쳐졌다. 뽀얀 피부결까지 비슷했다. 일하는 엄마 대신 유치원 때까지 나를 돌봐준 것은 외할머니였다. 가족 여행 다닐 때 엄마는 꼭 외할머니를 모시고 다녔다. 그래서 그런지 꼭 외할머니와 여행 중인 것만 같았다. 외할머니는 잠자듯 가야지, 잠자듯 가야지 그렇게 주문처럼 외더니 정말 그렇게 돌아가셨다.

"아가, 혼자 온 겨?"

나는 침대에 걸터앉아 무용지물인 전화기를 만지작거리다 화들짝 놀라 답했다.

"네? 네."

큰일 났다. 할머니들은 말 시키면 밤새도록 말 걸 텐데. 딱 질색이다. 외할머니도 잔소리가 심한 편이어서 조금만 틈을 주면 융단폭격을 하는 편이라 짜증이 나곤 했다. 와이파이도 터지지 않는 후진 이 호텔에서 어떻게 보내야 할지, 밤이 이렇게 아득히 길게 느껴진 것도 처음이었다. 공항에서 엄마가 안 간다고 말하던 순간 여행의 낭만은 사라지고 감당해야 할 어마어마한 시간의 총량만 남은 것 같았다. 말 그대로 남은 날짜를 하나하나 지워야 하는 유배의 시간이 실감났다.

"대견허네. 여행도 혼자 다니고. 난 나이 든 사람만 오는 덴 줄 알았는데 그게 아닌 가배. 여긴 워쩌케 오게 된 겨?"

할머니는 별다른 대답을 기대하지 않는다는 듯이 무심히 천장을 올려다보며 침대 아래로 내려뜨린 두 발을 까딱까딱 놀리며 물었다.

"그, 그냥요. 오, 오고 싶었어요. 아무것도 없대서요."

나도 모르게 거짓말이 술술 나왔다.

"그려? 에헤헤이 그것도 신기허네. 아무것도 없는 거 보러 온다는 게."

더 이상 묻지 말아줬으면 하고 바랐다. 더 둘러댈 얘기도 없다.

"근데 왜 그르키 시큰둥햐? 나랑 방 쓰는 게 싫은 겨?"

"네? 아아, 아니에요. 전화가 안 터져서요."

나는 손까지 내저으며 강한 부정의 제스처를 했다. 할머니들이 오해하기 시작하면 걷잡을 수 없다. 이것도 외할머니와 살며 터득한 거다.

"젊은 사람들은 뭔가 휘황찬란한 거만 좋아하는 줄 알았드만 것도 아닌가배. 하이간 기특허네."

와, 표정 관리도 해야 하다니. 이래서 사람을 대면하는 게 싫다. 처음 만나는 사람과 한 공간에 있는 것 자체만으로 스트레스이다. 상대의 일거수일투족을 신경 써야 하고 그 사람의 동선에 따라 시간차를 두고 움직여야 한다. 그냥 학원에서 찌는 게 낫지 않았을까 싶었다.

할머니의 관심을 다른 데로 돌리는 게 좋을 것 같았다.

"할머니는 어떻게 오시게 됐어요?"

공항에서 핑크 일색의 할머니를 볼 때부터 궁금했다.

"나? 에헤헤이, 이게 순전히 내 친구놈 때문이여. 친구놈이 죽기 전에 꼭 갔다 왔으면 좋겠다고 하도 입에 침이 마르게 꼬셔대서 정말 그런가 확인하러 온 겨. 더 늙으면 쳐주지도 않는다고 해서 서둘러 온 게 오늘 날여."

"그렇게 좋대요?"

"아니, 좋아서 보고 오라고 했간? 미리 저승 가는 초입을 실제로 보고 오라고 해서 온 겨."

"네?"

등골이 오싹했다.

"친구놈이 한 번 숨이 꼴딱 넘어간 적이 있어. 쓰러진 걸 그나마 일찍 발견해 병원에 옮기는 바람에 산 놈이거든? 아, 글씨 그놈이 깨어나기 전까지 그 짧은 시간 동안 다녀온 곳이 몽골 초원과 똑 같드랴."

"네? 똑같다고요?"

나는 거듭 딸꾹질 같은 네? 소리만 반복하며 할머니 얘기에 빠 져들었다.

"하여간 뭐래나. 갔다 오면 좀 가벼워질 거랴. 내일일지 모레일 지 모르잖어. 내 나이가."

"……."

할머니들한테 저런 소리를 들으면 어떤 말로 대꾸해야 할지 난 감했다. 그럴 때마다 나는 말없이 눈길을 돌려 전화기를 들여다보 는 척했다. 무슨 급한 연락이라도 온 듯 친구에게 카톡을 한다거 나 인스타그램이나 페북을 뒤적이며 볼일 보는 척했다. 무슨 말이 되었든 어떤 말을 붙이든 이상해서 아무 말도 할 수 없었다. 외할 머니도 이제 내 나이가 죽을 때도 됐지, 라는 말을 입에 달고 살았 다. 그 말을 부정해달라고 하는 말일지도 모르는데, 나는 무관심으 로 일관했다. 돌아가시고 나서 그것이 할머니에게 얼마나 추운 일이었는지 조금은 되짚어지기도 했다. 그래도 여전히 그런 말끝에는 어떤 말을 붙여야 할지 모르겠다. 머릿속만 왕왕거릴 뿐 아무 말도 생각나지 않았다.

할머니는 구겨진 치마를 펼치며 침대에 다소곳이 앉았다.

"핑크색 엄청 좋아하시나 봐요."

"으응, 좋아하지. 근데 츰 입어보는 겨."

"네? 아, 네."

처음 입어본다, 그런데 그렇게 핑크로 도배하다시피?

"어렸을 때 내가 해방둥이니께 하얀 저고리에 까만 치마, 그라니께 무명저고리만 입었잖어."

"아, 몽실 언니처럼요?"

"에헤헤이, 얼래 그걸 몽실 언니라고 햐?"

할머니 특유의 웃음소리 속에는 개구쟁이 꼬마 녀석이 들어 있는 것 같았다.

"아, 아니요, 몽실 언니라는 동화가 있어요."

"나두 봤어. 예전에 테레비 연속극으로 나왔잖어. 나도 딱 그르키 살었어. 에헤이 그러고 보니 그러네. 맞네, 몽실 언니가."

할머니는 잠시 동안 뿌연 안개 속으로 빨려 들어가는 눈빛으로 망연히 창밖을 바라보았다.

"핑크색 옷 입는 게 죽기 전에 내가 할 일여. 왜 있지. 그 뭐시기, 뭐라더라? 요새 유행하는 바킷인지 빠께쓰인지 하는 말 있잖어."

죽기 전에 할 일?

"아, 하하하 버킷리스트요?"

나는 자연스럽게 할머니 얘기에 맞장구를 쳤다.

"에헤헤이 그려 맞어. 내 버버킷인지 뭔지 그 리스투 중 하나여. 핑크색 옷 입는 게."

종잡을 수 없는 할머니였다. 그간 본 것들로는 졸가리가 서지 않아 일관된 결론을 도출할 수 없었다. 얘기를 나누다 보면 대략 어떤 스타일이라는 게 잡혀야 하는데 매번 다른 색깔을 보는 느낌이랄까. 핑크였다가 무명의 흑백이었다가, 이것도 저것도 다 달관한 듯한 가벼움이었다가, 이제는 버킷리스트까지 얹은 모던함까지. 도무지 갈피를 잡지 못하겠다.

핑크색에 대한 궁금증이 증폭되었다.

"핑크색이 왜요?"

"이러고 있을 때가 아녀, 시방. 아가 밥 먹으러 가자."

아, 그래 밥. 밥도 문제였다. 하나부터 열까지 부자연스러운 것 천지였다. 의지할 곳 없이 허허벌판에 서 있는 기분이었다. 생각할수록 자꾸만 쪼그라드는 것 같았다. 아직도 혼자라는 것이 생경하기 그지없다. 사람이 어떤 상황에 부닥치면 적응하는 시간이 필요한데, 내가 그린 여행에 대한 그림과는 영 딴판으로 돌아가는 바람에 닥치는 일마다 서걱댄다. 아마도 이 서걱거림은 여행이 끝날 때까지 악몽처럼 이어질 것 같다.

어쩔 수 없다. 비행기 타고 돌아갈 수도 없고, 게다가 공항에서 혹 떨구듯 가붓하게 돌아선 엄마를 그리워하는 것도 자존심 상하는 일이다. 일곱 살도 아니고, 열일곱인데. 나는 힘을 내보기로 했다.

나는 어느새 외할머니랑 여행할 때처럼 자연스럽게 핑크할머니의 보폭에 맞춰 느리게 방을 나섰다.

긴 원탁에 스물 남짓 되는 인원이 둥그렇게 둘러앉았다. 몽은 열흘 동안 고난의 행군을 해야 하기 때문에 전우를 알고 있으면 더 재미있고 더 의미 있는 시간이 되지 않겠냐면서 소개 시간을 갖겠다고 했다.

몽골만 다섯 번째 오는 사람도 있었고 코스를 달리해 세 번째 오는 사람도 있었다. 그리고 대부분 처음 오는 사람이었다. 그러니까 이 여행은 몽사모 멤버 몇몇이 꾸린 여행이었다. 해마다 다른 코스로 몽골 여행을 기획한다고 했다.

우석 오빠는 사실 엄마가 오기로 되어 있었는데 일이 생겨 대타로 오게 되었다고 말해 사람들을 웃겼다.

"한 번은 꼭 오고 싶은 곳이었어요. 알바해서 오려고 했는데 하늘에서 어느 날 공짜로 떡이 떨어져 받아먹은 기분입니다."

목소리도 좋고 인상도 좋고 말도 잘하고, 거기다 매너도 좋은데 한 가지 흠이 키가 나랑 비슷하다는 거였다.

그 옆에 앉은 몽이 덧붙여 말했다.

"우석 군은 이번 여행의 일꾼입니다. 저의 모든 잔심부름과 힘이 필요한 부분은 함께하겠다고 자발적으로 나선 괜찮은 청년입니다. 박수 한번 쳐주세요."

그래, 키 같은 건 문제가 안 돼. 사람이 괜찮다 소리 듣기가 그리 쉬운가? 나는 우석 오빠에 대한 생각으로 엎치락뒤치락거리며 박수를 치다 허단과 눈이 마주치자 손을 슬그머니 내렸다.

"허단은 제가 젊어 보이는 관계로 동생 같아 보이시겠지만, 제 아들입니다."

그러고 보니 허몽, 허단. 아, 그랬군. 전혀 닮은 구석이 없는 것 같은데. 나와 엄마도 그렇지만. 그래서 허단에게는 혼자 온 것 같은 쓸쓸함이 느껴지지 않은 거였다. 아빠랑 왔구나.

저녁 메뉴는 샤브샤브였다. 야채와 만두, 국수와 육수는 끊임없이 리필 된다고 했다. 그런데 고기만은 리필이 안 된다며 따로 주문해달라고 했다. 네다섯 명이 함께 먹을 수 있도록 세팅되어 있었다. 맞은편에 앉은 할아버지, 할머니는 사이가 무척 좋아 보였다. 할머니는 연신 할아버지 입에 야채며 고기며 만두를 집어넣었다. 할아버지가 손을 저으며 그만하라고 해도 할머니는 지긋한 눈길로 할아버지를 바라보며 음식이 떨어지기가 무섭게 할아버지의 접시를 채워주었다. 핑크할머니가 얼마 남지 않은 고기를 낚아채듯 집어갔다. 그러자 맞은편 할머니가 빈 접시를 들어 보이며 추가 주문을 했다. 추가 접시가 오자 핑크할머니가 잽싸게 고기를 집어 할머니 냄비와 내 냄비에 넣어버렸다. 고기 접시는 금세 바닥이 났다. 공연히 눈치가 보였다. 특히 맞은편 할머니 할아버지가 신경 쓰였다. 아니나 다를까. 맞은편 할머니가 눈을 흘기며 들릴 듯 말 듯하게 말했다.

"춤춤스럽기는, 쯔쯔쯔쯧."

혀까지 차며 못마땅한 눈길을 보냈다. 분위기가 심상치 않았다. 핑크할머니는 주변 시선 같은 건 아랑곳없이 바닥에 몇 점 들러붙은 고기까지 떼어갔다. 핑크할머니 냄비에서 건진 고기를 내 거에 넣는 바람에 나까지 이상한 사람이 되는 것 같았다. 비위가 그렇게 약한 건 아니지만 고기를 건져주는 것도 그리 위생적이진 않은 거였으며 원하는 바도 아니었다. 아무리 펄펄 끓는 냄비 속에서 건져준다 해도 그 육수는 할머니가 내내 젓가락을 넣었다 빼며 휘 젓거리던 거였다. 나는 먹고 싶은 마음이 뚝 떨어졌다.

내가 젓가락을 내려놓자 할머니가 왜 그만 먹느냐고 채근했다. 머리가 지끈지끈했다. 이래저래 신경 써가며 밥을 먹자니 위장은 꼼짝 없이 숨을 죽인 채 들어오는 음식물을 뭉쳐놓는 듯했다. 나는 할머니의 채근도 못 들은 척, 다른 어른들의 마땅찮은 기색도 못 본 척했다. 휴대폰을 꺼내 전에 찍어놓은 사진을 들여다보는 걸로 도망쳤다. 와이파이가 터진다면 바랄 게 없겠지만 카톡도 페이스북도 인스타그램도 먹통이니, 전에 보고 또 보았던 사진을 뒤적거리는 수밖에 없다. 친구들과 이야기하다가도 조금 지루하거나 듣고 싶지 않을 때 하는 행동이다. 휴대폰은 여러모로 쓸모 있는 물건이다. 낯선 사람 앞이나 상대하기 싫은 사람 앞에 있을 때는 최고의 무기이자 피난처이다.

먹통인 전화기를 보자, 접속되지 않은 나는 더욱 고립되어 진짜 외로운 섬이 된 듯했다. 연결되었던 모든 것들과 이별을 고한 것처럼 몹시 쓸쓸했다. 세상에서 나는 완전히 잊힌 존재가 된 것 같은, 고립무원의 쓸쓸함 같은 게 파도처럼 덮쳤다. 스무 명 남짓이 내 눈앞에 실재하는데도 의미 있는 사람은 단 한 사람도 없었다. 내가 올린 사진이나 댓글에 좋아요를 눌러주던 팔로워들이 몹시 그리웠다.

식사를 마치고 나오며 전화기를 가방 속에 집어넣었다. 그제야 주위 사람들이 눈에 들어왔다. 호텔로 향하는 모습 속에서 같이 온 사람들의 관계가 보였다. 가족끼리 친구끼리 삼삼오오 짝을 지어 걸어가고 혼자 온 사람들은 몽 곁에 서먹서먹한 거리를 유지하며 일렬로 걸어갔다. 내 곁에는 어느새 핑크할머니가 따라붙었고 그 뒤에 우석 오빠와 허단이 있었다.

내일은 횡단열차를 열세 시간 타고 몽골 초원으로 향한다고 했다. 내일부터 본격적인 고비 여행의 시작이다.

숙소에 들자 나는 먹통인 전화기를 다시 꺼내들었다. 의미 없는 행동이지만 낯선 사람과의 낯선 시간을 견디기 위해서는 어쩔 수 없다. 이럴 때는 머리끝까지 이불을 뒤집어쓰고 자는 게 최고인데,

잠이 올 것 같지도 않았다. 평상시 머리만 대면 기절하다시피 하는데 어울리지도 않게 잠자리 탓을 하는지 말똥말똥했다. 나는 활자를 봐야지만 잠드는 버릇이 있다. 스마트폰이 나오기 전까지는 책을 보았지만 지금은 아니다. 엄마가 편지에 책이 수면제라고 했던 시절은 구석기시대 얘기다. 와이파이가 터지지 않는 이곳은 구석기시대나 마찬가지이다. 그렇다고 구석기시대의 유물을 다시 꺼내들기는 싫었다.

잔뜩 긴장한 애벌레처럼 이불 속에 몸을 동그랗게 말아 구겨 넣었다.

할머니도 등을 보이며 모로 누워 있다.

"불 끌까요?"

"영감이랑 왔다고 유세부리는 거여 뭐여."

할머니는 들릴 듯 말 듯한 소리로 투덜대듯 말했다.

"네?"

"아녀, 아녀. 나 혼자 그냥 하는 소리여. 아까 그 할망구 말이 꽤 씀해서."

가슴이 철렁했다. 못 들은 줄 알았는데, 못 들은 척했을 뿐이다.

"아⋯⋯, 네."

"내가 딴 건 몰러도 귀는 밝어. 영감 옆에 찰싹 붙어서 그게 뭐여, 염장 지르는 것도 아니고. 내가 일부러 그렸어. 볼썽사나워서."

그런 거였구나. 그래도 그렇지, 할머니도 참. 나는 핑크할머니가 귀여워서 쿡 웃음이 나왔다. 나는 또 무슨 말을 어떻게 해야 할지 몰라 그냥 숨소리를 죽이며 잠들은 척하려고 했다.

할머니도 잠은 저만치 달아나 있는 것 같았다. 돌아누운 등 너머로 긴 한숨이 흘러나오는 것을 몇 번 들었다.

불을 끄고 누워도 잠이 오질 않아 여러 번 뒤치락거렸다. 하얀 망사 커튼 사이로 달빛이 흘러들었다. 밖이 대낮처럼 환했다. 러시아에 있는 백야 현상이 여기도 있는 것인가 싶을 정도로 훤했다. 달빛 가득한 방 안에는 상대방의 이불 버스럭거리는 소리가 유난히 크게 들렸다. 할머니와 나의 숨소리가 그 사이를 교차하여 채웠다.

"할머니, 주무세요?"

"아녀, 오늘이 보름인가 달도 어지간히 밝은 날이네. 요라고 누워 있으니 집 생각이 나네. 지금쯤 난리가 났을 겨. 애기도 집 생각 나지?"

"아, 아니요."

나는 펄쩍 뛰듯 답했다. 집 생각은? 공항에서 딸을 버린 엄마한테 무슨 미련이 있다고.

"그려 대견햐. 예뻐."

"핑크 옷요. 궁금해요."

"에헤이 얼래? 그게 여적 궁금한 겨? 옴마야 반갑네."

할머니는 탱탱볼처럼 튀어오르는 몸짓으로 돌아누웠다. 할머니는 쩝쩝 입맛 다시는 소리를 내며 시동을 거는 것 같았다. 나는 외할머니가 들려주는 옛날 얘기를 듣는 것 같은 착각이 들었다. 잠이 오지 않을 때마다 들려주었던 외할머니만의 창작 동화가 있었다. 책에도 누구에게도 없는 얘기. 아주 어렸을 때 들었는데도 지금도 선명하게 남아 있다. 그때 할머니의 목소리와 이야기 따라 그렸던 장면들은 내가 경험한 것인 양 지금도 또록또록 기억난다.

"나는 어렸을 때부터 옷탐이 심했어. 위로 언니가 둘 있었는디, 하루는 아버지가 언니 치마저고리라고 하면서 사가지고 온 거여. 저기 이름이 뭐라고 했지? 송이라고 했나?"

"송이든요, 할머니."

"송이나 이든이나. 에헤헤."

나도 할머니를 따라 아하하 웃었다.

"그려 꼭 송이만 한 나이였을 겨. 그보다 좀 어리거나. 언니가 둘이나 있응게 내 차지는 물 건너간 거지. 수박색 저고리에 연분홍 치마였어. 어찌나 고와 보이던지 눈앞이 팽 돌 지경이었싸니께. 언니들은 나한테는 손도 못 대게 하는데, 환장하겄드라고. 그 옷을 안방 횃대에 조신하게 걸어놨는데 온통 진달래꽃이 핀 것 같았어. 잠을 자는데 그 옷이 눈에 밟혀 잠도 오덜 않는 거여. 언니들거라고 못 박은 아부지한테 서운하기도 했지만 괘씸한 건 만져도 못 보게 하는 언니들이었어. 어차피 나는 맛도 못 볼 옷인디 하는 생각이 들어 부아가 나대? 식구덜이 죄 잠든 한밤중에 일어나 그 옷을 가위로 싹둑싹둑 잘라버렸어."

허걱, 나는 침을 꼴깍 삼켰다. 마치 내가 까만 밤중에 아무도 모르게 새 옷에 가위질을 한 것처럼 몸에 힘이 들어갔다. 가슴이 두근거리고 뒷목이 뻣뻣해졌다.

"그래서요?"

나도 모르게 자동반사처럼 튀어나왔다.

"아주 난도질을 해놓은 거지. 연분홍 치맛단에 싹둑싹둑 가윗밥을 넣는디, 그 소리가 가려운 데를 삭 긁어주는 거 맹키로 시원했어. 다음 날 난리도 아니었어. 언니들 둘은 방바닥에 떨어진 연분홍 가윗밥을 움켜쥐고 울고불고, 엄니는 지지배들 건사 못 했다고 아부지한테 온 동네 떠나가라 혼이 나고 아버지 서슬에 막내딸 맞어 죽을께비 나를 감싸다 덩달아 맞고. 아부지한티 못돼 처먹은 년이라고 욕은 욕대로 푸지게도 먹었지. 고무신짝으로 두들겨 맞고. 난리도 그런 난리가 없었다니께. 에헤헤이, 맞어서 몸은 아팠어도 속은 시원했어. 그 후로 핑크색은 쳐다도 안 봤어. 그렇게 입고 싶던 옷이었는데."

"와, 할머니 대박. 짱이에요. 근데 왜 안 입으셨어요?"

"에헤헤이, 대박이지? 암만 대박이구 말구. 왜 안 입었냐고?"

할머니는 숨을 고르는지 말을 잇지 못하고 뜸을 들였다. 그런 뒤 한숨 소리 같은 큰 숨을 먼저 토해냈다.

"큰언니가 다음 날 그 옷을 입고 선보러 가기로 되어 있었거든.

큰언니는 그 옷 없이는 선보러 안 간다고 방에서 나오지도 않고. 그래서 그날 보기로 한 선이 깨졌어. 나중에 다른 데 선이 들어와 그리로 시집가는 바람에 그 후 평생 얼굴 한 번 못 봤어. 이북으로 시집갔씨니께. 후에 만주로 사할린으로 밀려 밀려 이사 간다 소리만 바람결에 들었지."

할머니 목소리 끝이 가늘게 떨렸다.

"헐, 그래서요?"

또 나도 모르게 자동반사로 추임새를 넣고 말았다. 할머니 목소리에서 물기도 마르기 전에.

"그날 밤 가위질이 언니 운명을 바꿔놓은 거여. 내 못된 승질머리가 그렇게 만든 겨. 엄니 아부지가 돌아가실 때까정 내 탓을 했으니께. 내 가위질만 없었어도 한동네 사는 쌀집 하는 남자한테 시집가서 평생 택택하게 잘살았을 거라 그러면서. 그려서 핑크색을 못 입었어."

할머니는 그렇게 맺고 한동안 말을 잇지 못했다. 그러더니 푸념처럼 뇌까리듯 말을 부려놓고 조용했다.

"날이 갈수록 옛일만 새록새록햐."

할머니 목소리가 점점 멀어지며 나도 까무룩 잠이 들었다.

이십 일간의 낯선 사람

　간밤에 달빛이 하얗게 부서졌던 창으로 어느새 뜨거운 햇살이 들이쳤다. 따가운 햇살과 다르게 밖의 공기는 서늘한 늦가을처럼 차가웠다. 팔뚝에 오스스 소름이 돋을 정도로 찼다. 일행은 바람막이와 카디건을 꺼내 입느라 분주했다.

　몽골 횡단열차를 타기 위해 역으로 나섰다. 정확히 얘기하면 블라디보스토크에서 모스크바까지 가는 시베리아 횡단열차의 지선이라고 한다. 기차는 한참 후에 출발했다. 울란바토르 역이 첫 출발지여서 대기 시간이 길다고 했다. 파란 물빛으로 도색된 기차 옆면에는 러시아어로 바이칼이라고 쓰여 있었다. 바이칼 호수로 가는 시베리아 횡단열차. 이 열차를 타면 바이칼 호수로도 갈 수 있다는 말인가? 가슴 설레는 단어로만 이루어진 문장이었다. 소리

내어 읽으면 말로만 듣던 바이칼 호수의 코발트빛 찬물이 차오르는 것 같았다.

기차 안은 4인용 침대로 되어 있다. 여기서 자고 먹으며 열한 시간 이상 달려야 한다. 그야말로 이동 여관이다. 몽은 밤새 고민하며 짝을 지었으나 만족스럽지 않으면 짝이 서운해하지 않도록 눈치채지 않는 범위 내에서 바꿔도 좋다고 능청스레 말했다. 나는 핑크할머니, 우석 오빠, 허단과 한 조로 되어 있었다. 무슨 근거로 이렇게 짝을 지었는지 모르겠지만 어찌어찌 하다 보면 우연찮게도 이렇게 넷이 뭉쳐 있는 경우가 많았다. 허단하고 마주하는 게 조금은 불편했지만 그나마 말을 튼 유일한 사람이어서 다른 사람보다 나았다. 허단은 내내 쌩쌩거리는 거로 나에게 관심 없다는 것을 표하는 것 같았다. 그렇게 오버하지 않아도 나도 댁한테 관심 없거든요, 하고 질러주고 싶었지만 그랬다간 열흘 동안 괜한 감정 퍼 올리느라 피곤할 것 같았다. 비싼 돈 내가며 마음고생할 필요는 없지 않은가.

무릎을 맞댈 정도로 비좁은 침대칸에 허단과 우석 오빠와 핑크할머니와 나, 이렇게 넷이 마주 보며 자리를 잡았다. 작은 방 안에 갇혀 있는 듯 갑갑하기도 했지만 아늑하기도 했다. 머리 위에는 이층 침대가 양쪽으로 달려 있다. 달리는 기차 안에서 잠도 자고 식사도 해결해야 한다고 하니 색다르면서도 신기했다. 쾌적하거나 깨끗함과는 거리가 멀었다. 지저분한 데다 비좁았다. 차창에는 찌든 때가 묻은 붉은색 커튼이 달려 있고 그 아래 접이식 탁자가 있다. 베개와 이불에 새 시트를 씌워도 수많은 사람에게 시달린 흔적으로 후줄근했다. 침대칸 문 앞은 마주 오는 사람이 있으면 모로 비켜서야지만 통과할 수 있을 정도의 조붓한 통로가 있다. 통로의 창은 침대칸보다 훨씬 넓어서 바깥 풍경을 보기에 시야가 탁 트여 좋았다.

기차 한 량을 일행들이 차지하고 있어서 통로에 나와 있으면 익숙한 웃음소리가 들리고 오히려 오가는 현지인들이나 승무원들이 낯을 가리며 부끄러운 듯 지나쳤다. 일행들과 함께 움직였지만 말 한마디 섞어보지 못한 사람들이 대부분이었다. 혼자 온 사람들은 혼자 왔기 때문에 같이 온 사람들은 함께 온 그들과 어울리기 때문에 굳이 섞일 일이 없었다.

허단과 우석 오빠는 허물없는 친구처럼 아주 정다워 보였다. 허단은 나를 대할 때와 우석 오빠를 대할 때가 전혀 달랐다. 나한테는 그렇게 쌩쌩 칼바람이 일면서. 그 둘은 공동 짐을 책임지고 옮겨야 하기 때문에 교통수단이 바뀔 때마다 제일 분주하고 재바르게 힘을 모았다. 거기다 핑크할머니 짐을 맡으라는 몽의 특명이 있었는지 가방을 들어 올릴 때는 우석 오빠나 허단이 있었다. 그 바람에 내 캐리어도 같이 옮겨주었다. 내가 손대려고 하면 어느새 우석 오빠의 손이 들어와 올려주었다.

허단은 우석 오빠랑 들릴 듯 말 듯한 목소리로 얘기를 나누면서 나에게는 눈길조차 주지 않았다. 침대 아래로 가방과 짐을 정리한 뒤 자리를 잡자 각자 휴대폰을 꺼내들었다. 휴대폰은 터지든 그렇지 않든 손에서 떠나지 않았다. 인사 뒤 서먹한 기분을 떨치기 위한 안간힘이기도 했다. 우석 오빠는 간혹 차창 밖에 펼쳐지는 신기한 풍경을 손짓하며 사진을 찍었다. 나와 허단도 마찬가지였다. 휴대폰은 어정쩡하고 어색한 시간과 공간을 메워주는 유일한 도구였다. 사진을 찍고 들여다보며 한동안 말없이 또 서먹한 시간을 보냈다.

울란바토르를 벗어나자 초원이 펼쳐졌다. 나무도 높은 건물도 없이 끝없는 초원이었다. 속이 좀 트이는 느낌이 들었다. 저 초원 속을 걸으면 발목까지 누운 풀들의 냄새가 온몸에 밸 것 같았다. 높고 낮은 구릉 위로 예쁜 야생화들이 키를 낮추어 피어 있다. 초록 망토에 청보라, 연분홍, 진보라색의 액세서리를 달고 있는 것처럼 보였다. 오아시스와 같은 이곳을 지나 고비로 가면 어떤 풍경이 펼쳐질까. 자연스레 궁금증이 일었다. 지금은 무연히 창밖으로 시선을 주며 그런 생각밖에 할 게 없다.

알록달록한 현대식 지붕들 사이로 유목민들의 이동식 집, 하얀 게르가 보였다. 유목과 정착이 동시에 일어나는 도시. 어떤 도시든 이동과 정착이 있겠지만 눈에 보이게 드러나는 곳으로 이곳 몽골만 한 데가 또 있을까 싶었다.

핑크할머니는 손주들 보듯이 우석 오빠와 허단을 반달눈이 되어 바라보았다.

"에헤헤이, 우리는 이제 한배, 아니 아니 한통속에 있는 거네. 잘 부탁허네."

"아하하하, 네. 한통속 맞네요. 고비 여행을 마치고 돌아올 때도 이 기차를 탈 거예요, 아마. 그때도 열한 시간 이상 탄다고 들었어요. 그때는 저녁에 타고 그다음 날 아침에 내린다고 하던데요."

우석 오빠가 상냥하게 말했다.

"에헤헤이, 얼래? 그람 우리가 하룻밤을 같이 자는 겨? 나는 좋아. 내 평생 침대차에서 자보는 것도 츰이고."

"아하하 하룻밤요? 맞네요, 으하하. 우리가 같이 잔 사람들이 되는 거예요."

"에헤헤이, 맞네 맞어."

우석 오빠가 허단과 나를 장난스럽게 쳐다보며 머리를 긁적인 뒤 성격 좋게 웃었다. 한동안 또 쐐하니 조용했다. 그나마 기차의 덜컹거리는 흔들림과 소음이 없었다면 더없이 민망할 노릇이었다.

허단은 뚱한 표정으로 전화기를 만지작거렸다. 우석 오빠도 골똘한 표정으로 창밖을 바라보았다. 창밖은 연두색으로 엷게 칠해놓은 수채화의 모습으로 느리게 느리게 지나갔다. 창밖의 풍경도 별반 달라진 게 없었다. 혹 여길 가도 저길 가도 똑같은 풍경 아닐까. 하품이 나기 시작했다. 나는 버릇처럼 전화기 속의 사진을 넘기고 또 넘겼다.

"난 와이파이가 안 터지니까 아예 마음이 편해지더라."

우석 오빠가 또 먼저 입을 열며 허단과 나를 향해 말했다.

"그래요?"

허단이 의외라는 듯 물었다.

"응. 오히려 해방된 듯한 느낌이 들던데? 어쩔 수 없이 통신을 못 하게 된 거지만 오히려 잘됐다는 생각이 들더라."

"난 아예 여기 오기 며칠 전부터 꺼버렸어."

핑크할머니가 폴더폰을 내밀어 보이며 말했다. 우석 오빠가 할머니 전화기를 받아들고 폴더를 열며 왜냐고 물었다.

"기다리는 게 싫어. 오도 가도 않고 전화만 하는 애들도 싫고, 그러면서도 전화를 기다리는 나도 청승떠는 것 같아서 싫어."

말없이 할머니의 폴더폰을 바라보았다. 죄는 전화기에 있다고 핑계대고 싶었다.

허단은 접속되지 않는 전화기에 여전히 미련이 남은 듯 눈을 떼지 못했다. 우석 오빠의 말에 쉽게 동의하지 못하는 건 나도 마찬가지였다. 인터넷이 연결되지 않으니 손은 심심하고 머릿속은 지루함으로 꽉 찼다. 아무것도 하지 않고 시간을 보내는 것이 처음인 양 아주 낯설었다. 이것저것 잡생각이 많아져 짜증나고 성가셨다. 공연히 주변 사람들에게 관심을 갖고 참견하려는 것 같아 좀 웃기다는 생각도 들었다. 나도 모르는 새, 핑크할머니를 살피고 허단의 눈치를 보고 우석 오빠의 표정을 관찰했다. 그러다 보니 오히려 사람들 속 내 존재가 미미해지는 것 같아 기분이 가라앉았다. 우석 오빠 말대로 족쇄로부터 풀려난 것 같은 홀가분함도 있지만 한편으로는 사람들 속 내 존재가 날것 그대로 드러날까 봐 조심스럽고 부자연스러웠다.

"나도 실은 스마트폰 갖게 된 건 얼마 안 돼요. 운동 그만두고 나서 생겼어요."

나와 우석 오빠가 동시에 허단을 바라보았다. 아무리 무관심으로 일관하려 해도 코앞에 앉아 있는 사람의 말에 개입하지 않을 수 없었다. 운동이라니?

"무슨 운동? 너 운동선수였어?"

"럭비요."

"와, 그래? 그런데 그만뒀다고?"

나도 더욱 귀를 세우고 듣게 되었다. 핑크할머니는 모깃소리 같은 콧노래를 부르며 창틀 위에 두 손을 얹어 턱을 괴고 창밖을 보았다. 오지 않는 전화를 기다리는 처량함 같은 건 사라지고 없었다. 꼭 핑크 소녀 같았다. 잘 있거라, 나는 간다~ 이별의 말도 없이 떠나가는 완행열차 이별의 영시 오십 분~. 철커덕척, 철커덕척 달려가는 기차 소리가 할머니의 노랫소리에 박자를 맞춰주었다.

"네."

"왜?"

"있어요."

허단은 말을 자른 뒤 흘끔 나를 보더니 더 이상 얘기하고 싶지 않다는 듯이 시선을 거두어 창밖을 바라보았다. 나는 그러거나 말거나 허단에게 눈길을 주며 생각했다. 외할머니 말에 의하면 사연 없는 사람은 없다고 했다. 알고 보면 딱하고 그럴 만한 피치 못할 사정이 다들 있는 거라고 했다.

"나도, 춤 선생 그만뒀어."

창밖을 보며 모깃소리 같은 콧노래를 흥얼거리던 할머니가 난데없이 끼어들었다. 세 사람이 동시에 할머니를 바라보았다. 할머니는 여전히 아무것도 신경 쓰지 않는 듯 무심히 창밖을 바라보고 있다. 춤 선생이라니? 아무도 말을 잇지 못하고 입을 다물었다.

핑크할머니는 장난기 가득한 눈으로 우리를 돌아보았다.

"에헤헤이, 놀란 토깽이 새끼덜 같어. 왜? 놀랐어? 내가 춤 선생 이래니께?"

여전히 아무 말 없이 할머니를 바라보았다.

"어쩐지, 할머니 보통 멋쟁이가 아니다 싶었어요."

민망한 침묵을 무마하려는지 우석 오빠가 나서서 말했다. 춤 선생? 그래서 그렇게 복장이 요란했나? 아니지, 핑크는 처음 입어보신다고 했는데. 할머니는 벗겨도 벗겨도 새 비늘로 싸여 있는 양파 같았다.

"나가 멋쟁이로 보였어? 에헤헤이, 으히 좋아라. 그럼 성공한

겨, 이번 여행은."

할머니는 알아들을 수 없는 말을 덧붙인 후 입을 다물었다. 또다시 기차 안은 조용해졌다. 할머니는 손등 위에 턱을 고이고 창밖으로 향했다.

"형, 군 생활은 어땠어요?"

허단이 우석 오빠에게 물었다. 군 생활? 그럼 벌써 제대한 예비역 아저씨란 말이야? 오빠가 아니었네.

"난 할 만했어. 재밌었고. 또 가라면 두 번 다시 가고 싶지 않은 곳이지만, 하하하."

무심한 척 안 듣고 있는 척해도 그건 그야말로 척일 뿐이었다. 아무리 관심을 두지 않으려 해도 귓바퀴는 사람들 말소리로 향했다. 귀찮고 불편했다. 참견할 수도 그렇다고 알은체할 수도 없다. 들리긴 하되 말은 할 수 없는, 그야말로 속 터지는 일이었다. 와이파이만 터진다면 이어폰 꽂고 음악을 듣거나 드라마를 봐도 되건만 고문이 따로 없다. 열차는 완행으로 느리게 느리게 초원을 걸어가고 있다. 차창 밖으로 연초록 풀잎이 물결처럼 흘러가고 있다. 풀잎을 물결처럼, 물결을 풀잎처럼. 인스타그램 속 경우 사진이 떠올랐다. 그런 장면을 눈에 들이는 경우는 어떤 마음일까, 헤아려보려다가 그날의 불쾌함이 떠올라 눈을 감아버렸다. 그날의 상처는 아직도 진행형인 거다.

"여자 친구는요?"

허단의 목소리에 눈이 번쩍 떠졌다. 허단의 얼굴이 붉었다. 어쭈, 소심한 거에 비해 도발적인 질문도 할 줄 아네.

"넌? 넌 있냐?"

허단의 기습에 당황한 것인지 우석 오빠가 윽박지르듯 물었다. 허단은 대답을 하지 못하고 고개를 꺾어 전화기를 만지작거렸다. 여자 친구 없는 게 무슨 죄 지은 것도 아닌데, 저렇게 고개까지 꺾을 필요가 있을까 싶을 정도로 풀 죽은 모습이었다. 괜한 질문이 나한테도 온다면 곤란할 것 같아 창밖으로 고개를 돌렸다.

"사실은 있었어, 하아."

한참 만에 우석 오빠가 길게 숨을 뱉으며 말했다.

"여기에."

우석 오빠는 휴대폰을 가리키며 답했다.

그들의 소리를 짐짓 못 들은 척하려고 애쓰면 애쓸수록 귀는 끝없이 그쪽으로 향했다. 그림으로 표현한다면 내 귀는 당나귀 귀처럼 커져 말소리가 날 때마다 핏줄을 파르르 떨 것이다. 환장할 일이다. 기어이 나도 모르게 딸꾹질 같은 소리로 되묻고 말았다.

"네?"

"하하하, 다 듣고 있었냐? 송이든?"

"듣고 싶어서 들은 건 아니고요, 들린 거거든요?"

괜스레 얼굴이 달아올랐다. 그리고 한 공간에서 얘기하는 건 다른 사람이 들어도 상관없다는 얘기 아닌가?

"전화기 안에 있었다고요? 여친이?"

궁금해서 죽을 지경이었다. 아니 혹시나 하는 마음에 불안하여 그렇게 물은 거다. 진경우나 줄무늬도 여자 친구가 있냐고 묻는다면 전화기 안에 있다고 말할 수 있을 것 같아서였다.

"응, 군대 가기 전부터 사귀었던 친구가 있었지."

"SNS상에서 만나셨나 봐요."

내가 뒤이어 물었다.

"아니, 그거랑은 달라."

"네?"

"서로의 아바타를 만들어서 사귀었는데, 글쎄 그게. 아무튼 그렇게 됐어. 더 얘기하면 복잡하고. 하아."

생각보다 사람들이 얘기하고 싶지 않은 구석이 많은 모양이다. 그건 나도 마찬가지이다. 나도 웬만하면 아니 죽을 일이 아니면 진경우와 줄무늬한테 당한 얘기는 하지 않을 작정이다. 그리고 빛나 얘기도.

허단은 자리에서 일어나 통로에 서 있기도 하고 다른 칸에 다녀오는지 한참 후에 돌아오곤 했다. 어린 망아지처럼 때 되면 아빠한테 다녀오는 모양이지? 나는 엄마랑 같이 오지 못한 게 새삼 서러웠다. 엄마랑 같이 왔다면 지금쯤 이 얘기 저 얘기 하며 깨가 쏟아지게 다닐 텐데. 혼자 온 핑크할머니와 나는 의자에 착 들러붙은 껌처럼 웬만해선 엉덩이를 떼지 않았다. 우석 오빠도 흔들리는

기차 안에 무릎을 맞대고 앉아 있는 것이 무안한지 간간이 통로에
서서 창밖을 바라보며 서 있다 들어오곤 했다.

점심으로 튀김만두 호쇼르를 나누어주었다. 얇은 만두피 속에
손바닥만 한 양고기가 들어 있다. 속에 든 양고기가 무척 부드러
웠다. 할머니는 호쇼르 한 개를 맛있게 드시더니 꼬박꼬박 졸았다.
누워서 주무시라고 해도 손을 내저으며 잠은 이따 밤에 잘 거라고
하였다. 예까지 와서 잠자는 게 말이 되냐고 극구 손사래를 치더
니 오 분도 채 되지 않아 고개를 꺾었다. 몽이 찾아와 할머니에게
재차 누워 주무시라고, 갈 길이 멀다고 채근해도 막무가내로 앉아
있겠다고 했다. 나이 먹은 티내고 싶지 않다면서. 그래 놓고 할머
니는 기어이 창문에 기대어 잠이 들었다.

"저, 철조망 말이야."

우석 오빠가 가라앉은 내 기분을 알아챈 건지 부러 말을 시키는
것 같았다. 선로 변 양쪽에는 가시철조망이 쳐져 있었다. 허단도
고개를 빼고 철조망을 바라보았다.

"용도가 뭘까요?"

허단이 담담하게 물었다.

"그러게요. 우리나라는 저런 거 없잖아요."

나도 모르게 허단의 물음에 맞장구치며 말을 섞었다. 단순하고
단순한 내 특성 중 하나다. 뭐든 잘 잊어버리는 것.

"올~ 제법 빠른데?"

우석 오빠가 어쭈, 하는 표정으로 웃으며 말했다.

제가 얼굴은 아니어도 빠르다 소리는 종종 듣거든요. 나는 속으로 뇌까리며 조금 웃었다. 우석 오빠의 말에 기분이 좀 나아지는 것 같았다.

"내가 보기엔 말이나 양 때문인 것 같아."

그러고 보니 차창 밖으로 말 떼나 양 떼가 지나가는 모습은 패턴의 반복처럼 흔한 풍경이었다.

"아, 그렇겠네요."

유목의 습성 때문에 동물들의 발길 닿는 곳이 길이 된다고 한다. 그들에게 못 갈 곳도, 가서 안 되는 길도 없다. 맛있는 풀이 있다면 철로는 그들에게 어떤 장애물도 되지 않는다. 거대하게 달려오는 쇳덩이가 무시무시한 소리와 속도로 덮쳐오지만 그것에 대한 두려움은 애초에 없었다. 비가 오지 않아 풀이 마르고 사막이 되어 먹이가 떨어지는 것이 최대의 고통이었을 것이다. 물이나 풀을 찾아 철길로 뛰어드는 것이 부지기수였을 것이고, 그것을 막기 위해 가시철조망을 쳐놓은 것이다.

우석 오빠는 무연히 가시철조망을 바라보며 말했다.

"아마, 처음부터 저 가시를 인식하지는 못했을 거야. 저것을 인식할 때까지 얼마나 많은 곤두박질이 있었을까. 유목의 질주 본능을 저지당하며 상처가 나고, 또 그 상처가 아물면 또 다른 상처를 만든 뒤 비로소 달려들면 안 된다는 것을 알았을 거야."

우석 오빠는 힘을 뺀 목소리로 조곤조곤 말했다.

"하아, 사는 것도 그런 것 같더라. 상처를 무서워하면 아무것도 넘어설 수 없다는 것."

우석 오빠는 말끝에 고개를 끄덕거리며 혼잣말하듯 했다. 나는 우석 오빠의 말 속에서 언젠가 한 번은 들었음직한 기시감 같은 게 느껴졌다.

엄마가 말한, 파도가 거세게 몰아쳤을 때 쓰러지는 것보다 다시 일어서 견디는 것이 중요하다는 말이 떠올랐다. 작은 파도를 넘으면 그보다 큰 파도가 와도 넘을 수 있는 힘이 생기고 견딜 수 있는 힘이 생기는 것처럼, 엄마가 늘 외쳤던 육아 지론과도 통하는 말인지도 모른다. 곤경에 직면해보지 못한 아이들은 곤경이 닥칠 때마다 그것을 피하려고 한다는 말처럼. 그러고 보니 엄마는 나를 곤경으로 키울 모양이다. 이렇게 끊임없이 곤경을 선사해주시다니.

철로를 따라 늘어선 철조망이 새롭게 보였고 철조망 너머 말 떼나 양 떼의 움직임이 예사롭지 않게 보였다. 숱한 부딪힘을 넘어선 그들의 담담한 몸짓이 초원 여기저기 부려져 아주 익숙하게 풀을 뜯고 있다.

선로 변에 선 아이들은 기차를 향해 손을 흔들기도 했지만 어떤 아이들은 머나먼 곳으로 떠나는 기차에 동경의 눈빛을 보내는 것 같기도 했다. 까만 블루베리 같은 눈빛 속에는 반가움과 그리움과 슬픔과 수줍음이 혼재한 듯했다. 화답하듯 손을 흔들어주면서도 어쩐지 미안했다. 나도 그들의 눈에 비쳤을 부러운 이방인 중 하나일 것이기 때문이다. 얘들아, 오해하지 마라, 난 유배당한 거란다.

우석 오빠의 말을 끝으로 한동안 침묵이 흘렀다. 할머니는 낮게 코를 골았고 나는 오랜만에 생각이라는 골짜기에 빠져 있었다. 허단은 눈을 감고 기차의 흔들림에 몸을 맡겼다.

"크흠흠, 한 가지 제안하고 싶은 게 있는데 해볼래?"

우석 오빠가 허단과 나를 번갈아보며 말했다. 허단이 별반 기대하지 않는다는 눈빛으로 우석 오빠를 바라보았다. 나도 등을 기대고 비스듬히 앉아 별 기대 없이 우석 오빠를 바라보았다. 온라인으로 연결된 변화무쌍한 세계와 단절된 이상 오프라인의 세계는 그야말로 시간을 견디는 것밖에 없는 듯했다. 이 좁은 공간에, 것도 달리는 기차 안에서 전화기는 먹통이고, 창밖은 여기나 거기나 똑같은 풍광의 찍어붙임의 반복. 간이역이 있는 곳에 몇몇 집이 마을을 이루고 그 뒤로 쭉 초원과 낮은 구릉. 나무도 산도 없는, 어딜 가나 어딜 보나 똑같은 풍광. 거기다 고비에 다다르면 아무것도 정말 아무것도 없다고 하는데. 기차 타는 시간이 길어질수록 앞으로 남은 시간이 더 지루할 것이라는 예고편을 반복적으로 보는 것 같았다.

"SNS 프로그램 중 〈20일간의 낯선 사람〉이라는 거 들어봤니?"

"아니요."

허단이 뚝뚝하게 답했다.

"허단, 너는 SNS 뭐 뭐 해?"

"카톡이요."

푸하하, 내가 그만 웃음 터트리고 말았다. 허단은 완전 생초보였다. 허단의 얼굴이 붉게 달아올랐다. 왜 웃냐는 듯이 나를 쳐다보았다.

"전에 페북 조금 하다 말았어요. 전 그거 엄청 귀찮던데요."

우석 오빠는 그럴 수 있지 하는 표정을 지은 뒤 내게 물었다.

"그럼 이든, 너는?"

"페북이나 인스타그램요. 전에 트위터도 좀 했었고요."

인스타그램이라는 말을 할 때 조금 뜨끔했다. 저렇게 빠돌이인 걸 보면 인스타그램 속 초록마녀를 봤을지도 모른다. 공연히 긴장감이 돌고 경계심마저 생겼다.

"그래? 전화기를 탁자 위에 올려놔 봐."

나는 영문도 모른 채 전화기를 내놓았다. 뭐 손에 들고 있을 이유도 없다. 허단도 쓸벅거리는 눈으로 전화기를 올려놓았다. 세 개의 전화기가 탁자 위에 회의하듯 머리를 맞댔다.

"우린 어차피 온라인을 연결할 수 없는 곳에 있잖아. 그렇다고 그걸 완전히 접어버리면 너무 심심하지 않겠니? 그동안 우리 생활 리듬이라는 게 있는데?"

"그래서요?"

"SNS 프로그램 중 하나를 오프라인으로 가져오는 거야."

"에이, 말도 안 돼요."

허단이 형, 장난해요? 하는 표정으로 말했다. 그건 나도 마찬가지였다. 뭐래? 어떻게 온라인을 오프라인으로? 나는 비스듬했던 몸을 세우며 우석 오빠를 바라보았다. 핑크할머니는 시나브로 누워 자고 있다.

"우선 내가 이십 일간의 낯선 사람이라는 프로그램을 설명해줄게. MIT 공대생들이 만든 프로그램인데, 이십 일 동안 낯선 사람한 명과 전 세계 대상으로 무작위 연결되는 거야. 그래서 그 사람에게 내 이십 일간의 일상을 중계해주는 거지. 나도 누군가의 일상을 이십 일간 보게 되는 거고."

"왜 하필 이십 일이에요?"

허단이 두 눈을 끔뻑이며 물었다. 꼭 그런 걸 해야 해요? 하는 다분히 시비조의 말이었다.

"그래서요?"

나는 확 땡겼다. 벌써부터 호기심이 불타올랐다. 페북이나 인스타그램과는 또 다른 재미가 있는 것 같았다. 나는 왜 이 프로그램을 몰랐을까. 막막한 모래벌판에서 오아시스를 만난 기분이었다.

"형은 어떻게 그런 걸 잘 알아요?"

허단이 막 말을 시작하려는 우석 오빠의 입을 또 막았다.

"지금 그런 게 중요한 게 아니거든? 제발 진도 좀 빼자."

내가 허단에게 핀잔을 주듯 말했다. 아무튼 눈치 없기는.

"남의 사생활을 왜 보고 싶어 하고, 내 사생활을 왜 남에게 중계 방송 해야 하는 건데?"

허단이 핏대가 오른 듯 나에게 신경질적으로 말했다. 넌, 대체 어느 별에서 온 애니? 내가 기가 막힌다는 표정으로 허단을 바라보았다. 허단도 지지 않고 나를 정면으로 쏘아보았다.

"미안, 미안. 허단 그게 아니라, 내 말 아직 안 끝났거든?"

우석 오빠가 살벌한 분위기에 당황한 듯 황급히 말했다.

"넌 아예 그쪽하고는 담 쌓은 애구나. 것도 왕따감이야. 요즘 소통이 얼마나 중요한 시대인데."

나는 허단과의 눈싸움에서 물러서고 싶지 않았다.

"뭐? 왕따? 너 말 다했어?"

허단의 얼굴이 붉게 달아올랐다. 왕따라는 말에 유난히 예민한 반응을 보였다. 허단은 나를 쏘아보았다. 좀 지나치다 싶었다. 밴댕이 소갈딱지다. 비행기 탈 때부터 몽골에 입국할 때까지 있었던 나와의 삐그덕거림을 하나도 삭이지 않은 눈빛이었다. 나도 맞서 허단을 쨰려보았다. 유치하기 짝이 없는 상황이었다. 혹시 왕따였나?

"어? 이게 아닌데. 왜들 이래? 솔직히 좀 숨 막혀, 너희들이랑 있는 거."

우석 오빠가 손바닥을 펼쳐 허단과 나의 눈빛을 차단하는 시늉을 했다.

"와, 너네 진짜. 왜 싸우려고만 해? 너희 둘, 언제부터 알았다고 벌써부터 감정을 얹어 얘기하고 그래? 부럽다 야."

허몽과 같은 분이 또 한 사람 납셨다. 이게 어디 부러울 관계의 모양새인가? 나는 괜한 오해를 불러오기 싫어서 눈을 풀며 눈길을 돌렸다.

"안 되겠다. 진짜 이 프로그램이 필요하네. 너희들 분위기가 심상치 않아서 생각해낸 건데. 진짜 해보고 싶은 의욕이 막 샘솟는다 야."

우석 오빠는 손목시계를 들여다보며 한숨을 푹 쉬었다.

"우리는 이 비좁은 기차 안에 무릎을 맞대고 앞으로도 일곱 시간 이상 덜컹거려야 한다고. 내일도 모레도 열 시간 이상 차를 타고 함께 걷기도 해야 할 거야. 이대로라면 난 숨 막혀 죽을 거 같아. 아니, 이 여행 여기서 포기하고 싶어."

헐, 생각보다 우석 오빠의 상태가 심각한 것 같았다. 허단과 내가 문제가 아닌 것 같았다. 허단도 놀랐는지 눈을 풀며 우석 오빠에게 미안한 눈길을 보냈다.

"형, 그게 아니라……."

"그래, 허단 네 궁금증 풀어줄게. 난 IT쪽 전공이고, 프로그램 이름이 이십 일인 거고, 우린 열흘이어도 상관없어. 사흘도 괜찮고. 됐지?"

"전 좋아요. 무슨 말인지 대강 알겠으니 더 자세한 얘기해주세요."

나는 IT 전공이라는 말에 우석 오빠에 대한 호감도가 훅 올라갔다. 역시, 교회 오빠 같은 자상함에 최첨단 IT 기술까지 갖춰 앞서가기까지. 키 작은 건 문제 축에도 끼지 않았다.

"우린 가까운 사람에게는 관심이 없고 멀리 있는 익명의 사람은 알고 싶어 하거든. 왜 그런 거 같아?"

우석 오빠가 노글노글해진 표정으로 물었다.

"전 안 그런데요?"

허단, 맥 끊는 데는 완전 짱이다. 완전 초딩 수준이다. 가만히 있던가. 말하는 사람 기운 쪽쪽 빼게 만드는 데는 최고의 경지이다. 나는 공연히 우석 오빠의 눈치가 보였다.

"오, 그래? 그럼 다행이고."

우석 오빠는 김빠진다는 표정이었다. 허단은 뭐가 뭔지도 모르고 들이대는 유형인 것 같았다. 나는 우석 오빠 말에 전적으로 동의한다. 실제 그런지 안 그런지 근거를 들어 조목조목 허단에게 일러주고 싶었다. 나도 우리 반 아이들보다 SNS상 익명의 사람들을 훨씬 많이 알고, 그들을 아는 것이 반 친구를 사귀는 것보다 더 편하고 쉽다. 한마디로 오프라인의 생활은 너무 불편하고 어려운 게 많으며 무엇보다 서툴러서 힘들다. 매뉴얼이 없어서 짐작하거나 대처할 수 있는 것이 거의 없다. 개인의 순발력이나 사회성으로 대처해야 하는데 그것마저도 부족하면 얼굴을 맞대는 것이 몹시 부담스럽고 힘겹다. 그래서 상처 주기도 상처 받기도 쉽다. 반면 SNS는 어느 정도 매뉴얼이 정해져 있다. 좋아요를 누른다거나 하트를 날려준다거나 구구절절 말하기 싫을 때는 이모티콘도 좋다. 무엇보다 내 감정을 없고 타인의 감정을 읽어내는 일을 하지 않아서 덜 귀찮다.

"전 인정해요."

"그래, 이제 좀 말이 통하는 것 같다."

우석 오빠가 막힌 것이 뚫린 듯한 표정으로 말을 이었다.

"가까운 사람한테는 책임이라는 부담감이 싫은 것 같기도 해. 부담 없이 다른 사람의 생각을 보고 약간의 개입, 댓글 정도나 좋아요를 누르는 정도로 끝나는 것이 쉬우니까 그런 거 같거든."

"그럼, 안 보면 되잖아요."

허단이 단순 무식한 말로 또 끼어들었다. 어쩜 좋아.

"그렇지. 안 보면 되는데, 어디 인간이 그러냐? 인간이 혼자 살 수는 없잖아. 호기심 같은 거지, 다른 사람에 대한 호기심. 나도 보여주고 자랑하며 소통하고 싶은 열망. 인간의 사회적 속성 때문인데 그마저도 버리게 되면 아마 외로워서 죽어버릴 걸, 하하하. 불편한 것도 싫고 외로운 것도 싫은데 그 대체재로 SNS가 딱인 거지. 거기에서 외로움도 달래고 위로받고 위로하며 혼자가 아니라는 것을 확인하는 거지."

창밖은 어느새 그림자가 길게 눕기 시작했다. 서너 시간 후면 도착지인 사인샨드 역이라고 몽이 지나가면서 말했다. 우석 오빠 말을 듣는 동안 시간은 순식간에 지나간 듯했다.

"우린 지금 몽골로 가는 열차 안에서처럼 이렇게 얼굴을 맞대고 열흘간의 시간을 함께할 거잖아. 그래서 알아가자는 거지. 하루에 한 가지씩만 자기 얘기를 멤버들에게 해주는 거야. 대신 조건이 있어. 이 여행이 끝나고 한국으로 돌아가면 여기서 들은 얘기는 싹 잊는 것. 실제 이십 일간의 낯선 사람이라는 프로그램은 이십 일이 지나면 그 사람과 나누었던 모든 정보는 아주 깨끗하게 삭제돼. 아예 데이터가 사라지는 거지. 그게 그 프로그램의 매력이야."

우석 오빠가 허단과 나의 동의를 구하듯 일일이 눈을 맞추며 말을 맺었다.

"지워버리는 것, 그건 마음에 드네요. 근데 형, 군이 왜 이런 걸 하자고 하는 건데요."

허단은 아까보다는 좀 가시를 뺀 듯한 말투로 물었다. 제법 논리적인 데가 있었다. 나도 물어보고 싶은 말이었다. 혹 몽의 사주가 있었나? 그렇다면 몽이 군이 그럴 필요가 또 뭐가 있을까? 꼬리에 꼬리를 무는 질문을 해도 속 시원히 잡히는 게 없었다.

"어, 얘기가 다시 원점으로 돌아가네."

"그런가요?"

허단이 건조하게 대꾸했다.

"심심하니까. 됐냐?"

우석 오빠가 간단하게 답하자 허단이 피식 웃었다.

"나두 햐. 나두 심심한 거는 딱 질색여."

핑크할머니가 언제 잤느냐는 듯이 아주 쌩쌩한 목소리로 말했다. 백발이 하늘로 뻗은 채 부스스 일어나는 할머니 모습은 비현실적이었다. 〈전설의 고향〉이나 만화 속의 한 장면 같았다. 우리는 너무 놀라 할머니를 바라보기만 했다. 할머니는 머리를 다독거린 뒤 핑크색 빵떡모자를 눌러쓰며 덧붙였다.

"나두 그거 껴달라고오. 그 뭐시기 낯선 사람인가 뭔가. 나도 할 말 많어."

이번엔 우석 오빠도 어쩌지 못하고 난감한 표정으로 할머니를 바라보았다. 얼굴엔 완전 이게 아닌데, 하는 표정이 그대로 드러났다. 대략 난감이다.

"왜 싫여? 할망구라 싫은 거지? 늙어서 싫다 이거지? 하긴 늙은 거 좋아할 눔 한 명도 없어. 내 속으로 난 새끼들도 지 어미 갖다버릴 생각만 하더구먼."

헐, 할머니 이게 아닌데.

"할머니, 좋아요. 멤버로 들어오세요. 그 조건 기억나시죠? 기억에서 싹 지워버린다는 조건 말이에요. 공항에 내리는 순간 낯선 사람으로 다시 돌아가는 거예요. 그것만 지켜주시면 돼요."

우석 오빠가 할머니의 생각이 더 이상한 데로 빠지기 전에 막아야 한다는 듯이 황급히 말했다.

"걱정하덜덜덜 말어. 지금 이 나이에 내 특기가 뭔 줄 알어? 바로 싹 다 잊어버리는 겨. 난 지금 내 나이도 내 이름도 잊어버릴까 봐 겁나는 사람여."

"아하하하, 한 가지 더."

멤버들은 일제히 우석 오빠를 바라보았다.

"얘기 도중에는 질문하지 않기. 다 들은 후에도 뒷담, 그러니까 댓글 달지 않기. 무조건 들어주기만 하기."

말을 마친 후 동의를 구하듯 멤버들의 눈을 일일이 맞추었다.

"좋아요. 그거야 뭐."

허단은 찜찜함이 풀리지 않은 듯한 얼굴로 마지못해 답하는 것 같았다.

"콜."

내가 짧게 외쳤다.

"나도 콜여."

끝으로 핑크할머니가 큰 소리로 외쳤다. 와하하 웃음이 터지지 않을 수 없었다.

은하수는 흐르고 별똥별은 지고

역에 도착한 후 달린 길은 작은 구릉도 나무도 없는 사막이었다. 울란바토르 근방과는 전혀 다른 분위기였다. 땅에는 키 작은 풀들이 성글게 나 있다. 바람을 타지 않으려는 듯 가늘되 철사처럼 억센 풀이 강팔지게 모래땅을 부여잡고 있다. 시야를 멀리 두면 푸른 초원이 지평선 끝 간 데까지 닿아 있다. 그런데 사막이라니. 동서남북을 둘러봐도 똑같은 모습이다. 이렇게 아무것도 없는 공간은 난생처음이다. 항상 눈앞에 아파트건 고층 건물이 있고 그 뒤에는 아스라이 산등성이가 걸리곤 했다. 시야를 가리는 것이 완벽하게 없다. 지평선과 나뿐이다. 지구가 둥글다는 것이 실감났다. 반원형의 둥근 구 안에 땅이 있고 그 안에 내가 담겨 있다. 기록을 남기지 않았을 뿐, 지구가 둥글다는 것을 유럽 사람들보다 먼저 몽골의 유목민들이 알지 않았을까 싶었다. 아시아의 유목민들은 당연하게 여기는 것을 유럽의 털북숭이들이 뒤늦게 네모다 둥글다 하며 호들갑을 떤 것은 아닐까, 하는 생각이 들었다.

시야에 걸리는 것은 하늘과 맞닿은 땅 끝이다. 아스라이 멀어 그곳이 하늘인지 땅인지 분간이 가지 않았다. 일행들은 처음 보는 진풍경에 어리둥절한 표정으로 몸을 돌려가며 시야 끝을 확인했다. 그야말로 아무것도 없다. 아무것도 없는 것을 보러 오는 것, 그것이 이번 여행의 콘셉트라고 했다.

고비 한가운데 게르 형태의 캠프가 몇 동 있다. 우리가 묵을 숙소라고 했다. 밤 아홉 시가 넘었는데 어둡지 않았다. 검고 푸른 구름 사이로 번지는 노을이 비장했다. 초원 위의 하얀 게르와 보랏빛 구름 사이로 비치는 붉은 노을. 광활하게 펼쳐진 구름 사이로 붉은 빛이 웅장했다. 여태껏 산등성이에 걸쳐 있는 놀을 잠깐 보는 것이 전부였는데 이곳은 마치 드넓은 바닷물에 노을이 번져 찰랑대고 있는 것처럼 보였다. 새털 같은 구름은 물결의 일렁임처럼 보이고 그 위에 다른 농도의 노을빛이 쉼 없이 부서졌다. 아빠가 유럽의 어느 해안가에서 찍었다는 노을 사진과 비슷했다. 몽골 땅의 바다는 하늘에 있었다. 일행들은 짐 푸는 것도 잊은 채 카메라 셔터를 연신 눌렀다.

시야에 걸리는 것이 없으면 속이 탁 트일 줄 알았다. 그런데 오히려 막막했다. 막힌 곳이 없기 때문에 트인 곳이 없는 것과 마찬가지였다. 아빠가 떠나고 엄마가 바다 보러 가자고 하여 따라나선 적이 있다. 그때 엄마는 그랬다. 바다를 보면 속이 좀 트일 것 같다고. 바다를 마주 대하던 엄마는 이내 발길을 돌리며 이렇게 말했다.

"바다도 갑갑한 건 마찬가지다. 수평선 봐봐, 하늘까지 바닷물이 꽉 차 머리 위로 덮칠 것 같지 않니? 어딜 가도 숨 막히는 건 똑같네. 가자."

나는 파도와 장난치며 엄마가 하는 말을 귓등으로 들었다. 그때 엄마 심정이 이런 것이었을까.

한참을 그렇게 사위는 빛 아래 있었다. 드넓은 고비를 바라보자 시야 끝에 걸리는 지평선을 향해 마구 걷고 싶은 욕구가 일었다. 지평선 끝에 다다르면 하늘을 만질 수 있을 것 같기도 했다. 시선이 닿는 곳까지 가고 싶은 것이 인간의 DNA 속에 있는 게 아닌가 싶을 정도로 아주 강렬했다. 저 끝에 닿으면 또 무엇이 보일까, 하는 기대와 확인하고 싶은 갈망. 가보아도 똑같은 풍경이 펼쳐질 거라는 걸 번히 알면서도 가고 싶은 마음을 재울 수 없는 것. 이것은 또 무엇일까?

확실히 그동안의 여행과는 달라도 너무나 달랐다. 이 드넓은 공간을 나의 무엇으로 채워야 할지, 아님 이 빈 초원처럼 나를 비워야 하는 건지, 그건 또 어떻게 하는 건지 막막 그 자체였다. 그러다 열차 안에서 결의했던 낯선 사람 멤버들이 떠올랐다. 이 여행의 새로운 활력소일 수도 있겠다는 생각이 들자 기분이 좀 나아졌다. 어쩌면 이런 심정은 우석 오빠도 마찬가지일 거란 생각이 들었다. 그래서 이십 일간의 낯선 사람을 제안한 건지도 모르겠다.

노을이 식자 신기하게 어둠은 삽시간에 내렸다. 한 점 불빛이 없는 고비의 하늘은 먹먹하도록 까맣고 깊었다. 게르의 지붕창으로 새어나온 노란 불빛만이 망망대해의 등대처럼 반짝였다.

진짜 별이 쏟아지는 것을 실감하려면 게르의 불도 일제히 꺼야 한다고 했다. 지상의 작은 불빛조차 저 먼 별빛을 바래게 하기 때문에 아주 먼 데 있는 것을 눈에 들이기 위해서 작은 의식을 치르는 것처럼 지상의 불빛을 죽여야 한다고 했다.

저녁 식사로 감자를 넣은 양고기 수프가 나왔는데 누린내가 심했다. 거기에 양고기 불고기까지. 나는 간신히 볶음밥에 수프의 감자를 꺼내 먹으며 허기를 달랬다. 핑크할머니도 양고기가 입에 맞지 않는지 불고기 접시를 한옆으로 밀어놓았다.

"양고기는 싫어하시는 모양이에요?"

하필이면 어제 샤브샤브 식당에서 핑크할머니와 신경전을 벌이던 할머니가 앞자리에 앉아 있다. 스무 명 정도 되는 인원이라 어디에 앉든 다 시야에 들어오게 되어 있는 타원형 식탁이었다. 어제의 앙금이 풀리지 않은 목소리였다.

"나, 고기 별로 안 좋아합니다."

핑크할머니는 눈을 내리깔고 어제 일은 까맣게 잊은 것처럼 또

박또박 말했다. 앞에 앉은 할머니가 기가 막힌다는 듯 입을 벌리며 핑크할머니를 쏘아보았다. 옆에 앉은 할아버지 팔에 찰싹 들러붙으며 양고기 접시를 핑크할머니 쪽으로 밀었다. 앞쪽에 앉은 할머니도 양고기가 별로인 모양이었다. 핑크할머니는 눈 하나 끔쩍하지 않고 양고기 접시를 앞자리 할머니에게로 다시 밀었다. 그러자 앞자리 할머니도 지지 않으려는 듯 접시를 다시 밀어내려 손을 뻗었다. 할아버지가 큼큼 헛기침을 하며 할머니를 제지했다. 그제야 조금 소강상태에 들어섰다.

팽팽한 신경전이 불편했다. 우석 오빠와 허단은 진즉에 눈치를 채고 밖으로 나갔다. 골치 아픈 건 딱 싫다는 표정이었다. 몽이 썰렁한 분위기를 감지하고 보드카 한잔씩 하자며 잔을 높이 들었다. 핑크할머니는 보드카를 들어 올린 뒤 한입에 털어 넣었다. 목에 두른 핑크빛 스카프처럼 할머니의 두 볼이 발그레 달아올랐다.

핑크할머니는 새침하게 앉아 있는 앞자리 할머니를 의식한 듯 목소리는 한 옥타브 높았고 손짓과 표정은 과장되게 컸다. 그렇지 않아도 말만 하면 이목을 집중하게 하는 묘한 분위기인데, 술이 한 순배 돌자 사람들 모두 핑크할머니에게로 시선을 모았다.

나도 두 분의 신경전이 감지되는 게 싫었다. 혼자 있고 싶었다. 엉덩이를 뒤로 빼며 슬그머니 일어섰다. 순간 핑크할머니 손이 내 팔뚝을 잡았다. 나는 휘청 할머니 쪽으로 쏠렸다. 할머니는 여전히 사람들과 눈을 맞추며 얘기를 나누었다. 나에게 곧 일어설 거라는 신호를 보내는 것 같았다.

사람들은 내가 핑크할머니의 친손녀인 줄 아는 것 같았다. 할머니와 손녀가 많이 닮았다나 어쨌다나. 할머니한테는 젊었을 때 미인이라는 소리 꽤 들었을 거 같다는 말을 해주고 나한테는 다른 말을 덧붙이지 않았다. 이제 그런 거에 대해서도 덤덤해지는 것 같다. 줄무늬와 진경우라는 거센 파도를 넘어서 그런가? 할머니와 나는 겸연쩍게 웃는 걸로 대꾸했다.

게르와 게르 사이에는 얇은 돌판이 조붓하게 깔려 있는데 우석 오빠와 허단은 거기에 누워 있다. 나와 핑크할머니에게 손전등으로 오라고 사인을 보냈다. 비밀을 공유한 사람끼리의 끈끈한 결속력 같은 게 느껴져 짜릿했다. 혼자가 아니라는 생각에 약간 훈훈해지는 것 같기도 했다.

"돌판 위에 누워봐. 온돌방처럼 따듯해. 별을 보기에는 딱이다."

우석 오빠가 마치 시골집 구들방에 누워 있는 것처럼 말했다. 허단은 잠을 자듯 양팔을 깍지 껴 가슴 위에 얹고 다리도 꼬아 푸른 초원 위에 꿀잠을 자는 목동처럼 누워 있다.

"이게 방구들 놓을 때 쓰는 박석이라는 겨. 얼래? 따끈따끈한 거봐. 에헤헤이 워째 이렇댜?"

할머니가 방바닥 문지르듯 돌판을 손으로 쓸며 말했다.

"여기 한낮 온도가 오십 도래요."

우석 오빠가 말했다.

어느새 바람은 서늘하다 못해 싸늘히 식어 있었다. 점점 추워졌다. 나는 점퍼를 입고 할머니는 숄을 두른 뒤 돌판 위에 누웠다. 등에 따듯한 기운이 번졌다.

"등 지져도 되겠네. 좋다. 에헤헤이 여기 몽골까지 와서 등판을 지지게 될 줄은 몰랐네."

나는 할머니가 말할 때마다 웃음이 났다. 할머니 웃음소리에 아무래도 바이러스가 들어 있는 것 같다.

시간이 지날수록 별이 무더기무더기 나타났다. 마치 조명을 받은 것처럼 별무리마다 은빛으로 환했다. 별과 그 곁의 별이 서로에게 빛이 되어주었다. 아무도 말하는 이가 없었다. 식당에서 쏟아져 나오는 웃음소리가 간주처럼 들렸고 끝없는 평원을 쓸고 가는 바람소리가 그 빈 공간을 꽉 채웠다. 거리낌 없는 바람은 끝없이 질주하는 말 떼처럼 귓가에 펄럭이는 소리를 내며 달려오고 달려 나가곤 했다. 바람은 콧등과 볼과 턱선 위를 거칠게 쓸며 지나갔다.

바람은 부드러움과 날카로움을 동시에 갖고 있었다. 쾌적한 온도인가 싶어 마음을 풀면 어느 순간 뒤돌아서 매몰차게 얼굴을 때렸다. 바람은 고막을 찢고 달아날 기세로 세차게 더 세차게 부는 듯했다. 머리칼이 얼굴을 사정없이 때렸다. 머리칼 끝이 닿는 곳마다 따끔따끔했다. 그런데도 이대로 바람 속에 잠들어도 좋겠다는 생각이 들었다. 등은 안온하니 따듯했고 오히려 바람은 온통 나를 감싸 안으며 지그시 누르는 것 같았다. 바람에도 무게가 있는 것일까. 아무리 몸을 낮춰도 이 초원에서는 바람으로부터 자유롭지 못하겠다. 바람이 온몸을 핥으며 지나가고 이어 그다음 바람이 와락 달려들어 치댔다.

조용함을 깬 것은 할머니였다.

"나가 말여. 아까 이 드넓은 초원에 딱 도착했을 때 제일 먼저 하고 싶은 게 뭔 줄 알어?"

"뭔데요, 할머니?"

"춤추고 싶었어. 세상에 태어나서 이렇게 드넓은 플로어는 츰 봐. 봐, 걸리적거리는 게 하나도 없잖어."

"지금 춰요, 할머니."

"그럴까? 나 따라 춰볼텨?"

일제히 약속이라도 한 것처럼 일어나 캠프 울타리 밖으로 나섰다. 달빛에 의지해 초원으로 걸어 나갔다. 우린 혼자가 아니다. 별과 별이 어깨를 겯고 서로를 비춰주듯, 그래서 서로를 따듯하게 빛나게 해주듯. 마음이 이상했다.

몽이 캠프 주변 여기저기 흩어져 있는 사람들에게 멀리 가지 말라고 당부하며 다녔다. 방향을 잃으면 절대로 캠프로 돌아올 수 없다고 당부하며 말을 이었다. 지금 하늘에 희부옇게 보이는 별은 아무것도 아니라고 했다. 달이 져야 비로소 별들의 잔치가 벌어질 터이니 성급히 나서지 말고 조금만 기다리자고 했다. 달이 지면 얼마나 대단한 우주쇼가 벌어지게 될까. 달빛이 유난히 밝았다.

유난히 밝은 것이 아니라 원래 그런 건데 도시에서는 불빛 때문에 달의 밝기가 그만큼 줄어 보이는 거라고 했다.

바람결 따라 할머니의 핑크 스카프가 날렸다. 마치 바람 속으로 몸을 내맡기듯 사뿐히 걸어 들어갔다. 공항에서 처음 봤을 때 몸맵시가 정연한 이유를 알겠다. 할머니는 마치 파트너라도 앞에 있는 양 양손을 우아하게 벌린 후 플로어를 돌듯 휘돌기 시작했다. 발끝으로 땅 위에 그림을 그리듯 움직이는 우아한 춤사위였다. 마치 구름을 밟듯 아주 가붓한 몸놀림과 우아하게 빠진 목선이 달빛을 갈랐다. 그러다 우석 오빠의 손을 끌어 스텝을 밟게 만들기도 하고 아주 뻣뻣하게 서 있던 허단을 당황시키기도 했다. 허단은 민망한 듯 쭈뼛쭈뼛 몸을 사리다가 엉거주춤 할머니의 스텝에 맞춰 빙그르르 돌고 앞으로 갔다 뒤로 물러섰다 왼쪽으로 오른쪽으로 스텝을 자연스럽게 밟았다. 그렇게 몇 번 돌더니 제법 할머니의 스텝에 맞출 수 있었다. 운동을 했다더니 눈썰미가 있었다. 문제는 나였다. 몸치 중에 몸치. 몸으로 하는 건 서툴다 못해 아둔한 편에 속한 나. 팔 따로 다리 따로 마음 따로, 따로따로 노는 내 몸을 할머니가 리드하며 바람 속으로 밀어 넣었다. 리듬을 타는 것이 아니라 점점 몸에 힘이 들어가 뻣뻣해졌다. 할머니의 유연함을 따라잡기에는 턱없이 부족했다. 음악은 바람 소리였고 조명은 달빛이었다. 몸보다 먼저 바람을 타는 옷자락이 춤추는 사람들을 훨씬 역동적으로 보이게 했다.

할머니는 계속 박자를 넣어가며 춤을 리드했다. 퀵퀵 슬로우 슬로우, 할머니 목소리는 여유로우면서도 푹신했다. 바람과 바람 사이의 틈을 빠져 다니는 것처럼 거칠 것 없이 몸은 가붓했다. 제일 헉헉거리는 건 나였다. 몇 번 할머니 따라 몸을 엇박자로 움직였더니 숨이 가빴다. 그래도 할머니는 멈추지 않고 계속 박자를 붙였다. 허단과 우석 오빠는 파트너가 되어 할머니의 춤사위를 흉내 내었다. 그 둘을 보다 웃음이 터졌다. 서툰 몸동작도 감당하기 힘든데 웃음보까지 터지는 바람에 배에 힘이 훅 빠졌다. 할머니가 파트너를 체인지하라는 듯이 우석 오빠 손을 잡아끌면서 내 손을 허단의 손에 넘겨주었다. 헉, 바람은 계속해서 추라고 부추기듯 쉼 없이 불었다. 머리칼과 옷자락을 날리는 소리가 쉼 없이 들리고 바람은 고막을 찢을 듯한 기세로 몰아쳤다. 프로그래밍 된 레일 위에 얹어진 듯한 느낌이었다.

허단과 나는 얼결에 손을 잡고 할머니의 스텝을 따라 돌기 시작했다. 그러다 뭉텅이진 풀 뭉치에 걸려 휘청했다. 때마침 바람이 뒤에서 거세게 불어왔고 그만 다리가 꼬이고 말았다. 그 바람에 허단을 밀치며 맥없이 휘청댔다. 허단이 무게를 못 이겨 뒤로 벌렁 넘어가고 나도 매트 위에 엎어지듯 쓰러졌다. 이게 무슨 봉변인가 싶은 찰나 입술에 물컹하면서도 뜨거운 것이 닿는 느낌이 들었다. 짧은 순간이었지만 입김이 느껴져 화들짝 놀라 고개를 떼고 허단을 내려다보았다. 나는 허단 위에 엎어져 있었다. 놀란 허단의 두 눈이 까맣게 반짝거렸다. 거친 숨소리에 맞춰 허단의 까만 눈동자가 커졌다 작아졌다 하는 것 같았다.

나는 허둥지둥 일어나 옷을 턴 뒤 허단을 등지고 앉았다. 내 둔한 몸을 패버리고 싶었다. 숨 가쁜 건 둘째치고 심장이 터질 것처럼 두방망이질 쳤다. 두근대는 심장 소리를 허단이 들을까 봐 나는 비비적대며 떨어져 앉았다. 이게 무슨 불상사람. 이건 아니다. 이건 사고다. 이건 무효다.

할머니와 우석 오빠는 데굴데굴 뒹굴며 웃는 건지 우는 건지 모를 소리로 꺽꺽댔다. 망신이다. 허단과 내가 포개지는 것을 두 사람도 본 것일까.

"야, 너네 별일 없었지? 별일 없는 거지? 아하하, 아이고 배야. 배가 아파서 일어나지도 못하겠다."

바람은 더욱 속도를 내어 우석 오빠의 말을 이 초원 구석구석에 퍼트리는 것 같았다.

"무슨 상상을 하시는 거예요?"

내가 소리를 실어 나르는 바람에 맞서기라도 하듯 소리쳤다.

"아님 말고, 아이고 배야. 아하하하."

"춤추다 보면 그런 겨."

미처 거두지 못한 웃음을 추스르며 할머니가 말했다.

묘한 구석이 있는 곳이었다. 이국의 낯선 땅. 나는 춤하고는 담쌓은 사람인데 무언가에 단단히 홀려 넘어간 게 아닌가 싶을 정도로 지금의 이 상황이 실감나지 않았다. 꼭 꿈을 꾸고 있는 것만 같았다. 낯선 것은 긴장감도 주지만 무장해제도 시킨다. 알 수 없는 곳에서 알 수 없는 힘을 뿜어 올리는 것, 긴장감도 어색함도 모두 떨쳐버리게 하는 힘이 있었다.

훗날 몽골 초원에서의 첫날 밤을 다들 어떻게 기억할까. 이상한 힘에 이끌리듯 무언가에 취해 바람의 왈츠에 몸을 맡긴 이 순간들을 어떤 추억의 무늬로 기억하게 될까. 땅 위에 이렇게 몸을 누이며 무방비로 뒹굴 수 있게 하는 것도 이상했다. 말이나 양 떼가 모래 목욕을 하는 것처럼 사람도 한 마리 짐승이 되어 지구의 살갗에 마음놓고 부비고 있는 것 같았다. 허단 위로 엎어졌을 때, 스프링 위로 넘어진 것처럼 푹신하면서도 탄력이 있었다. 초원의 풀들은 바람으로 빵빵하게 부풀려 넘어지는 허단과 나를 친절하게 받아준 것 같았다. 바람의 온도는 끝없이 유영하고 싶은 물속처럼 부드러웠다.

가쁜 숨을 고르며 어느새 일렬로 누웠다. 이상하게 마음이 무척 편해졌다. 허단과 우석 오빠와도 핑크할머니와도 오래전부터 알아온 것 같은 친밀감이 생겼다. 이틀 정도의 시간밖에 지나지 않았는데 이건 시간의 양과는 무관한 것 같았다.

"할머니, 춤추는 것 이렇게 좋아하시면서 왜 그만두셨어요?"

풀잎이 맨살에 차갑게 닿았다. 같은 하늘을 이고 같은 바람을 맞으며 같은 호흡으로 별이 뜨길 기다리고 있다. 우석 오빠의 목소리가 바람 속으로 조곤조곤 실려 나갔다. 노란 달은 아직 지지 않고 네 사람의 이야기에 귀를 기울였다.

"에헤헤이 내가 먼저 1번 타자로 얘기하면 되는 겨?"

할머니는 '낯선 사람'과의 만남을 잊지 않고 상기시켜주었다.

"아, 하하하 그렇게 되나요?"

우석 오빠가 유쾌하게 답하며 뒤이어 또 하나의 규칙을 말했다.

"할머니, 밤새워 얘기할 순 없잖아요. 그래서 시간을 이렇게 정했어요. 별똥별이 질 때까지. 그다음 사람은 다음 별똥별이 또 질 때까지."

"그람 얘기하는 사람 맘이 아니라 별똥별 맘이네."

와하하하, 할머니는 아무튼 말하는 것마다 빵빵 터진다. 바람 소리는 여전했고 할머니 목소리는 바람의 갈피갈피를 타고 귓전에 나지막하게 퍼졌다.

얼마 전까지만 해도 나는 복지회관 문화센터 춤 선생이었다. 나처럼 나이 지긋한 양반들에게 그러니까 사교딴스를 가르친다고 보면 된다. 젊었을 때부터 그 일을 했다. 딴따라였던 둘째오빠, 천재 기타리스트라는 소리를 들을 정도로 악기 다루는 데는 재주꾼이었다. 그 오빠 수발해주느라 잠깐 따라다니다가 장난삼아 배운 춤이 내 평생 직업이 될 줄은 몰랐다. 그때 오빠가 그랬다. 널 보면 흥은 타고나는 것이지 싶다고. 처녀 적에는 왜 그리 몸과 마음이

들썽거렸던지. 식구들 몰래 노래 콩쿨 나갔다가 무대에서 마이크 잡자마자 아버지와 큰오빠한테 머리채 잡혀 끌려 내려온 후로 가수의 꿈은 고만 접어야 했다. 아버지는 통사정을 했다. 잠잠히 있다 시집이나 가라고. 그렇게 아버지가 짝지어주는 대로 군소리 없이 혼인을 하고 아이들만 내리 낳은 뒤 영감은 일찍 죽어버렸다.

아이들을 건사해야 하니 배운 게 도둑질이라고 그때부터 야매로 춤을 가르쳤다. 큰 방을 하나 얻어 플로어로 썼다. 내가 딴스 교습을 할 때는 아이들을 밖으로 내몰며 생활했다. 말은 춤을 가르치는 일이었지만 낯선 사내들 품에 안겨 있는 어미를 보여주는 것이 그리 좋지만은 않았다. 아이들과 먹고 살려니 어쩔 수 없는 일이었다. 아이들도 그런 내가 싫었을 거다. 주로 점잖다고 하는 사람들, 그러니까 내놓고 춤을 배울 수 없는 사람들이 나를 찾아왔다. 대학 교수, 학교 선생, 공무원들이나 직업군인도 몇 있었고 여자 꾀일라고 배우는 돈 많은 한량도 있었다. 그때만 해도 춤추는 걸 안 좋게 생각했다. 춤바람이니 뭐니 요상한 말을 붙여 가며 부끄럽게 생각하거나 온당하게 여기지 않았다. 그런데도 춤추고 싶은 사람들이 많았다. 몸 안에 춤을 추고 싶은 또 다른 누가 들어 있는 양 그것을 누르지 못하는 사람이 생각보다 많았다. 나는 그 맘을 안다. 암만, 백 번 천 번 안다.

나는 그 사람들에게 그 뭐시냐 비, 비공개적으로 가르쳤다. 그런데 시방은 딴스 스포츠니, 딴스 테라피니 하며 춤도 건강 관리의 하나로 인정받게 되었다. 몸 건강, 정신 건강 두 가지 다 잡는 아주 좋은 취미 생활로 바뀌게 되었다. 세상이 빠르게도 변했다. 그래서 내가 문화센터의 춤 선생으로 나가는 일까지 생긴 것이다. 늘그막에 감투까지 쓰고 세금으로 월급도 받아먹고. 참내, 오래 살고 볼 일이었다. 근데 작년에 문지방에서 미끄러지는 바람에 허리 골절이 오고 말았다. 척추뼈 4, 5번에 금이 가서 시술을 받아야 했다. 그게 문제였다.

하늘에서 별똥별 하나가 선을 그으며 사라졌다. 순식간에 일어난 일이었다. 달은 어느새 지고 밤하늘엔 별들만 가득했다. 우석 오빠가 손가락질로 별똥별을 가리켰을 때는 이미 별똥별은 가뭇없이 사라지고 난 뒤였다. 생각보다 별똥별의 꼬리가 짧았다. 영화나 텔레비전 드라마에서 보면 길게 선을 그으며 산등성이 너머로 여운을 주며 떨어지던데. 그래서 그다음 날 산등성이 너머로 별똥별을 주우러 동네 꼬맹이들이 몰려간다고 그랬는데. 그 아이들은 토끼똥을 잔뜩 주워와 별똥별이라고 우겼다는 이야기를 외할머니한테 듣고 배꼽 빠지게 웃은 적이 있다. 별똥별을 먹으면 행운이 온다는 말에 아이들은 토끼똥도 삼켰다고 하여 인상을 찡그리며 듣는데, 외할머니가 뒤에 덧붙인 말 때문에 배를 잡고 뒹굴었다.

— 그게 바로 니 에미여.

— 응? 뭐라고? 토끼똥 주워 먹은 게 엄마라고?

―그려. 토끼똥을 한 주먹 주워와 별똥별이라고 우기길래, 먹으
면 더 좋다든데 했더니 느 엄마 진짜 먹드라?

―그게 몇 살 때인데? 엄마도 그렇게 어릴 때가 있었어?

토끼똥을 한 움큼 주워오는 엄마의 어린 모습이 쉽게 그려지지
않았다.

―너 말 안 듣는 건 이도 안 났어. 느이 엄마는 더 했어.

외할머니도 엄마도 보고 싶었다. 은가루가 뿌려진 밤하늘 속 별
똥별을 잡아 사진을 찍을 수 없는 게 아쉽고 또 아쉬웠다. 엄마에
게 사진을 보내며 이렇게 멘트를 날려주고 싶었다.

자, 별똥별이야, 맛있게 드삼.ㅋㅋ

"고만해야 되는 겨? 이자부터가 재미난 얘긴디. 뭐 헐 수 없지,
규칙은 규칙이니께."

역시, 쿨한 할머니다.

"다음 타자는 뉘여? 찬물도 형님 먼저여. 어여 해봐."

식당에서 사람들이 우르르 몰려나왔다. 게르의 불을 끄고 모두
다 초원 위에 누워 별 바라기를 한다고 했다. 몽의 목소리가 컬컬
하게 들려왔다. 몽은 우리 네 사람이 이미 초원에 나와 있는 것을
알고 있는 듯, 강아지들 어딨냐고 소리쳤다. 강아지라는 말이 정겹
게 들렸다. 몽은 캠프 주변 외에는 갈 필요도 없고 갈 수도 없다고
했다. 어딜 가도 모두 똑같으니 가까이 있으라고 했다. 괜히 어둠

속에 빛나는 사막여우 눈빛 보고 기절하지 말라고 겁도 줬다.

사막에서는 좌표, 그러니까 기준점이 없기 때문에 어디로부터 어느 만큼 왔는지 전혀 알 수가 없다고 했다. 오로지 시간만으로 잴 수밖에 없다고 했다. 시간의 축적만큼 어느 정도 간 것임을 알 수 있다는 것이다. 주변을 아무리 둘러봐도 끝없이 펼쳐진 지평선만 존재하며 똑같은 모양의 말똥과 고비의 풀과 모래와 작열하는 태양을 품고 있는 하늘만 있을 뿐이라고 했다. 몽이 그런 설명을 할 때 뭔지 모르지만 멋졌다. 시간만이 알 수 있다니. 우리가 간 길은 거리로 가늠할 수 없고 오로지 시간의 양만이 그것을 말해준다고 했다. 더불어 우리가 사는 것도 이와 같다고 했다. 어디로 가는지 무엇이 될지 어느 만큼 왔는지 앞으로는 어떻게 될지 아무것도 모르지만 우리가 쓴 시간의 축적만큼은 내가 무엇을 했는지 증명해줄 것이라는 거다. 현재의 내 모습은 그간 쓴 시간의 내용에 따라 결정된다는 것이다. 시간의 축적, 멋진 말이다.

낯선 사람 모임은 중단되었다. 허단이 전화기의 보조등을 켜서 흔들었다. 사람들은 자연스럽게 우리 옆에 나란히 누웠다. 손전등도 끄고 불빛이란 불빛은 모두 없애버린 뒤 하늘의 별만 보자고 했다. 은가루를 뿌려놓은 듯 크고 작은 별들이 하늘을 꽉 메웠다. 별자리 이름도 소용없었고 알고 싶지도 않았다. 하늘 한가운데에 흐르는 하얀 띠가 선명하게 보였다. 저것이 은하수라고 했다. 말로만 듣던 은하수가 바로 별 무더기로 된 다리라니. 나는 은하수 아래 쏟아질 듯한 별 무더기를 보며 누워 있었다. 가슴속이 화해지는 것 같았다. 박하 향 품은 은가루가 훅 가슴속으로 들어온 느낌이랄까. 그야말로 크고 작은 별들의 향연이었다.

별빛에도 색이 있다는 걸 처음 알게 되었다. 어떤 것은 푸르스름하게 어떤 것은 약간 붉은빛이 돌기도, 또 어떤 것은 노랗게 타오르는 것 같기도 했다. 조물주가 끊임없이 수많은 별을 빚어내고 굽는 중인 것 같았다. 별빛의 크기와 빛깔이 다른 건, 굽는 시간과 과정이 달라서 지상에서는 그렇게 보일 거라는 생각이 들었다. 덥수룩한 수염을 가끔 쓰다듬으며 바쁘게 물레를 돌리고 있는 조물주의 모습을 그리자 웃음이 났다. 손으로 성형을 하다 필요 없는 흙은 떼어내 아래로 던져버리면 그것이 별똥별이 되는 건 아닐까 상상을 하니 좀 웃겼다.

때마침 별똥별이 여기서 슝, 저기서 슝 빗금을 그었다.

"별똥별이 왜 사선을 그으며 떨어지는 줄 알아?"

우석 오빠가 말했다.

"비도 똑바로 떨어지지는 않던데요? 그래서 빗금인가? 하하하."

난데없이 웬 빗금? 내가 말해놓고도 민망해서 웃음이 나왔다. 점점 이상해지는 것 같았다. 확실히 뭔가 해제된 느낌이 들었다. 이렇게 있어도 되나 싶을 정도로 자유로워진 느낌. 이렇게 낯모르는 사람들과 모래와 잔돌이 등에 배기는 것을 감수한 채 고비에 누워 있는 것도 믿기지 않거니와 아무것도 계산하지 않고 말을 할 수 있는 것도 놀라운 일이었다.

"올, 송이든. 제법인데? 비를 다 관찰하고."

아빠 때문이었고 경우 때문이었다. 그들이 렌즈에 담고 있는 선과 그로 인한 공간에 나도 모르게 관심이 갔기 때문이다. 아빠가 찍은 사진 중 유난히 빗금이 선명했던 그림이 떠올랐다. 여름 소나기 속에 책으로 머리 위를 가리고 뛰어가는 엄마가 담겨 있던 사진이었다. 결국 그 사진 때문에 엄마와 아빠가 연애를 시작했고 결혼까지 했으니.

"그건 지구가 돌고 있기 때문이야. 지구가 얼마나 빠른 속도로 움직이는지 우린 전혀 느끼지 못하잖아. 지금도 어마어마한 속도로 돌고 있을걸."

갑자기 현기증이 일었다. 나는 회전판 위에 누워 있고 회전판은 빛의 속도로 돌고 하늘에서는 별똥별이 떨어지고.

사람들은 별똥별이 떨어질 때마다 탄성을 질렀다. 별똥별은 혜성의 먼지들이 우주 속에 떠돌다 지구의 공기층과 부딪히며 탈 때 우리 눈에 보이는 거라 했다. 우주에서는 〈스타워즈〉 같은 상황이 땅에서는 소원을 실어 보내는 낭만적 행위가 되었다. 이 순간, 저 별똥별과 나는 어떤 인연이기에 몽골 초원에 누워 있는 나와 만나 찰나의 시간을 함께하다 이렇게 스쳐가는 것일까. 태어나 처음으로 우주와 조우한 느낌이랄까. 이 거대한 우주 속에 별이 있고, 그 별을 바라보는 내가 있다는 생각이 들었다. 저 먼 우주 속, 나의 존재는 먼지보다 더 작을 텐데.

아빠랑 천문대에 갔을 때 전시관의 태양계 모형 속에 서보고 깜짝 놀란 적이 있다. 목성에 비해 공깃돌보다 작은 점과 같은 지구 속, 아시아 땅에 한반도 그것도 반으로 나뉜, 그중 한 도시 속의 나를 위치시켜보자 먼지보다도 작은 존재가 나일 수 있다는 생각에 숨이 막혔다. 그런데 신기하게도 한편으로는 나의 존재가 나라는 생명이 무척 크게 다가왔다. 지금 그때의 심정이 되살아났다. 아니 더 실감났다. 난 아무것도 아닌 것이 아니라 이 우주 속에 당당히 존재하는 하나의 생명이라는 자부심이 저 수많은 별을 보며 되새김질되었다. 오히려 거대하고 드넓은 공간에서 나는 먼지보다 못한 하찮은 존재라고 여길 것 같았는데 내 존재가 이렇게 크게 다가오다니. 이 느낌은 또 무엇일까?

시간이 좀 지나자 오슬오슬 한기가 들었다. 점점 식어가는 바람과 땅의 한기가 등줄기를 타고 들어왔다. 일행들은 하나둘 숙소로 향했다.

낯선 사람 멤버들도 게르로 향했다. 멤버들은 자연스럽게 할머니와 내가 묵을 게르에 들어 침대에 걸터앉았다. 할머니 가방에는 군것질거리가 잔뜩 들어 있었다. 초콜릿, 치즈스틱, 오징어, 각종 견과류를 넣어 구운 쿠키까지. 핑크할머니는 치즈스틱을 멤버들 손에 일일이 쥐어주며 잘 봐달라고 했다. 할망구라고 떼놓을 생각 말라고 덧붙이면서.

"챙겨 오신 간식 때문이라도 할머니 옆에 꼭 붙어 있어야겠는데요?"

우석 오빠가 속 좋게 치즈스틱 한 개를 더 집어오며 너스레를 떨었다. 참 성격 좋은 예비역 아저씨다.

"어여, 하기나 햐. 아까 시동 걸다 말았잖여?"

치즈스틱을 한입 베어 물던 우석 오빠는 멈칫했다.

"네. 와 할머니 진짜, 우수 회원이에요."

우석 오빠가 엄지를 세우며 말했다.

"에헤헤, 그렇지? 내가 이렇게 멀쩡한데, 암만 멀쩡하구 말구."

"네?"

할머니는 또 밑도 끝도 없이 그렇게 얘기했다. 허단은 초원에 있을 때는 얼굴이 보이지 않아 표정을 알 수 없었는데 환한 전등불 아래서 보니 가라앉아 보였다. 좀 소심한 구석이 있어 보이긴 했다. 허단은 할머니가 건넨 치즈스틱을 손에 들고 마냥 바라보고만 있다. 이걸 먹어야 하나 말아야 하나 심각하게 고민하는 것 같아 보이지만 생각은 딴 데 가 있는 것 같았다.

우석 오빠는 한입 남은 치즈스틱을 밀어 넣은 뒤 쩝쩝거리다 황급히 삼켰다.

인사할 때 엄마 대타로 오게 되었다고 둘러대긴 했지만 그게 다는 아니었다. 실은 뭔가로부터 벗어나야겠다는 생각이 강렬했다.

군대 가기 전, 여자 친구는 있어야 되지 않겠냐며 친구들이 부추기는 바람에 여자 친구를 사귀려고 무던히 노력했다. 헤어짐과 만남이 밥 먹는 것보다 더 쉬운 세상에 나는 여전히 모태솔로였다. 잘 되지 않았다. 소개팅 후 애프터 신청을 하면 거절당하기 일쑤였다. 무엇이 문제인지 모르겠다는 생각이 들었고 짝짓기에 이다지 열을 올리는 내가 정말 한심하고 실망스럽기도 했다.

친구의 분석에 의하면 나는 폼이 없다는 거다. 겉모습은 어쩔 수 없지만 사람을 대할 때 허세까지는 아니어도 어느 정도 폼은 있어야 하는데 그 2프로가 없다는 거다. 그래서 매력도 색도 없어 보이는 밋밋함. 그게 나라고 했다. 요즘엔 정신없게 웃기거나 폼이 나거나 나쁜 남자 스타일이거나 등, 색이 없으면 곤란하다고 했다.

대안으로 한 친구가 SNS상에서 친구를 사귀어보면 어떻겠냐고 하였다. 이 친구는 여자 친구가 있는데도 SNS상에 또 한 명의 여자 친구가 있다는 것이다. 실재의 여자 친구보다 훨씬 편하다고 했다. 여자 친구에게 털어놓지 못할 말도 다 털어놓으며 마음을 나눈다고 했다. 제일 좋은 건 돈이 들지 않는다는 거였다. 그리고 굳이 비위를 맞추거나 눈치를 보지 않아도 된다는 거였다. 일테면 바가지 같은 게 없다는 거다. 피곤하게 굴지도 않거니와 별도의 시간과 비용을 들여 관리할 필요가 없다는 것이다. 어떤 때는 여자 친구와 같이 있을 때 온라인상의 그녀가 몹시 그리울 때도 있다고 했다.

나는 거절당할 일이 없다는 게 제일 마음에 들었다. 마음에 들지 않으면 그냥 로그아웃해버리면 되기 때문에 아주 간단하다는 거였다. 왜 이런 노래도 있지 않은가. '내가 운명의 상대가 아니라고 생각한다면, 로그오프하세요. 그럼 우린 끝이에요.'

우석 오빠가 풀 죽은 목소리로 말을 끊었다.
"그래서요?"
나는 다그치듯 물었다. 우석 오빠의 모습 속에서 내 모습을 보는 듯한 느낌이 들었다. 진경우를 만나기 위해 카페에 나갔다 돌아오는 길의 비 냄새가 훅 끼쳐왔다. 습하고 축축했던 그날 밤. 그리고 한밤에 찾아왔던 오한.
우석 오빠가 여기서 말을 끊을까 봐 조바심이 났다. 다행히 별똥별이 보이지 않는 게르 안이다. 우석 오빠는 물끄러미 바닥을 내려다보다 고개를 들어 나를 본 뒤 다시 말을 이었다.

서로의 아바타를 설정하여 대화를 하는 좀 특별한 관계를 맺는 것이다. 내가 꿈꾸는 이상형의 아바타를 선택하면 되는 것이다. 어차피 우리가 하는 SNS 활동은 자신의 아바타를 내세워 하는 거랑 비슷하지 않던가. 보여주고 싶은 것만 보여주고 어느 정도 포장된 나만을 보여주기 때문이다. 보여주고 싶은 것보다 어떻게 보여질까를 더 신경 쓰는 또 하나의 세계.

지금의 나는 몇 년 전과는 다르다. 내 친구의 말에 의하면 몇 년 전엔 무채색이었다가 지금은 아주 매력적인 컬러를 입힌 것 같다고 했다. 나는 아직 잘 모르겠지만. 아바타 여자 친구의 조언과 내 노력 덕분이다. 나는 고민이 생길 때마다 SNS 속 여친에게 속을 털어놓았고 그때마다 그 친구는 해결 방안을 내놓았다. 사람들을 대할 때의 말씨라든가 표정이라든가. 간혹 한쪽으로 기운 내 시각도 지적해주었다. 마치 내가 그 친구의 아바타가 된 느낌이 들 정도로 철저하게 그녀의 매뉴얼대로 고쳐갔다. 그녀는 아주 사려 깊고 따뜻했으며 친절했다.

어차피 우리의 현실은 '내가 던지는 상상의 그림자'라고 하지 않던가. 내가 듣고 싶은 것만 듣고 내가 보고 싶은 것만 보고 만나는 사람마저 내가 보고 싶은 면만 덧씌워서 보고. 어떤 사람에 대해 환상이 깨지는 건 그 사람이 변한 게 아니라 내가 보고 싶은 대로 내 멋대로 상대를 보다가 그 막을 거두는 순간, 기대치에 충족되지 않기 때문에 실망한다는 것이다.

나는 점점 그녀에게 빠져들었다. 내가 그려놓은 그녀의 모습을 사랑하게 된 것이다. 내가 누구를 사랑한 건지 모르겠다. 그녀를 사랑한 것인지. 그녀를 사랑하는 나를 사랑한 것인지.

사실은 거기서 멈췄어야 했는데 더 나간 게 문제였다. 그녀에게 빠져들수록 그녀의 진짜 모습을 보고 싶어 한다는 것을 알게 되었다.

"오늘은 여기까지만 할게요. 여기선 별똥별이 보이지 않으니 시간을 측정할 수가 없네요."

우석 오빠의 목소리는 에너지를 다 소진한 것처럼 목구멍 속으로 감겼다. 진이 다 빠진 듯했다. 그때의 고통이 그대로 전해져 오는 듯 두 눈을 무겁게 감았다 떴다. 무슨 일이 있었던 걸까.

아무도 덧붙여 말하지 않았다. 핑크할머니가 한마디 할 법한데 잠잠했다. 핑크할머니는 말없이 일어나 초콜릿 한 개를 우석 오빠에게 건넸다. 우석 오빠는 몸을 일으켜 고개를 숙이며 두 손으로 초콜릿을 받았다. 아주 성스러운 물건을 주고받는 듯 경건한 분위기였다.

약간의 진실게임 같은 분위기로 흘렀다. 마음을 다해 자기의 진심을 고백하지 않으면 예의가 아닌 것 같은 분위기였다. 장난만 일삼고 먹는 것만 밝히고 선생님 말은 듣는 둥 마는 둥 했던 아이들이 모닥불 앞에서 한 아이가 부모님 얘기를 꺼내며 목이 메자 다음 아이는 마치 전염된 것처럼 울며 엄마 얘기를 하고 그 옆으로 갈수록 눈물의 농도가 더 짙어지며 눈물 없이는 들을 수 없는 가정사가 쏟아져 나오는 그런 분위기와 비슷했다.

우석 오빠와 핑크할머니가 허단을 바라보았다. 허단은 손에 들고 있던 치즈스틱을 여전히 조몰락거리고 있다.

"내일 해도 되어. 우리 앞에는 앞으로도 일곱 밤이나 남았잖아. 암만, 그래도 되지."

핑크할머니가 침대 위로 누우며 말했다.

"아함, 난 졸린데. 얘기 듣다 졸면 것도 규칙 위반 아녀?"

할머니가 하품을 하며 어여 결정하라고 졸라대는 것 같았다. 나는 은근 좋았다. 할머니와 우석 오빠의 얘기를 들을 때 나는 어떤 얘기를 꺼내놓아야 하나 고심했다. 두 사람의 얘기보다 강도가 더 센 얘기를 꺼내야 할 것 같은데, 살아온 햇수로 보나 경험으로 보나 여기 있는 네 사람 중 어쩌면 가장 얘깃거리가 없을 수도 있겠다는 생각이 들었다. 처음엔 그냥 나의 일상을 보여주면 되는 거라고 간단하게 생각했는데 얘기에 빠져들수록 그게 아니었다. 이상하게 몰리는 기분이 들어 가장 아픈 부분을 꺼내놓아야 할 것 같은 부담감이 생겼다.

몽이 게르의 목문을 밀고 들어왔다. 몽보다 먼저 들어선 건 바람이었다. 바람이 세차게 불어 들어왔다.

"이 팀은? 안 자나요? 내일 고비를 횡단하기 때문에 좀 고될 건데? 오 선생님, 다닐 만하세요?"

몽이 핑크할머니를 넌지시 살피며 물었다.

"나요, 에헤헤이, 좋아요. 요렇게 예쁜 강아지들이 놀아줘서 한 이십 년은 젊어진 것 같어."

"다행이네요. 이 팀 분위기 좋은 게 선생님 덕분인 것 같습니다."

게르 밖에는 바람의 세상이었다. 게르의 천막을 힘껏 때린 뒤 초원 위를 달려 금세 지평선까지 다다를 것 같은 장난꾸러기 바람이 땅과 하늘 사이를 휘젓고 있다.

　몽의 뒤를 따라 허단과 우석 오빠가 숙소로 나섰다. 한차례 또 바람이 세차게 불어 들어왔다.

　몽골에서의 또 한 밤이 지나고 있다. 바람이 길을 내며 달려가는 소리가 들렸다.

걸어도 걸어도

햇볕이 강렬했다. 여러 대의 지프에 나눠 타고 고비를 횡단하기로 했다. 작은 구릉도 나무 한 그루도 없는 땅이었다. 어쩌면 이렇게 똑 고르게 평지로 다져놓을 수 있는지, 신의 손길이 아니면 가능하지 않을 광활하고도 드넓은 고비였다. 길도 없는 길을 달리는 것 같았다. 아무것도 없기 때문에 길 아닌 곳이 없었으며 길이라고 해서 달리는 길이 정말 길일까, 하는 의문도 들었다.

땅 위에는 고르게 키 작은 풀들만 듬성듬성 나 있다. 거센 바람 탓일까. 낮은 포복으로 땅 위를 기어가듯 펼쳐져 있다. 바람이 세차게 불어올 때마다 수십만 마리의 초록색 고슴도치가 일제히 한 방향으로 기어가는 것처럼 보였다. 불어오는 바람에 초록 가시를 세우며 머리를 땅에 박고 전진했다. 어딜 봐도 똑같은 풍광이었다.

땅이 지루할 땐 하늘을 봐, 라고 말하는 것처럼 구름의 모양은 방향마다 달랐다.

볼일을 보고 싶어도 가릴 곳이 없다. 양산을 펼쳐야만 화장실이 된다는 엄마 말이 맞았다. 핑크할머니가 펼쳐준 핑크색 양산 아래 간신히 몸을 숨기고 볼일을 봐야 했다. 일행들의 눈을 피해 볼일을 보기란 쉽지 않았다. 나는 내키지 않아 참아보려고 했지만 그것도 한계가 있었다.

"에헤헤이, 사막 다 떠내려가겄어."

한참 동안 일어서지 못하는 나를 보고 핑크할머니가 말했다. 나는 끊임없이 나오는 소변 때문에 민망했다. 끝없이 흘러나오는 오줌길을 피해 다리를 더 벌리며 볼일을 봐야 했다. 잔돌과 모래, 듬성듬성 나 있는 풀포기 위로 차가 지나가면 그게 곧 길이었다. 낙타나 말, 자동차가 아무리 길을 내어도 바람은 빗질로 흔적을 지웠다. 자고 일어나면 아무 흔적도 남지 않는 이곳, 그래서 떠나는 것이 생활이 된 건지도 모르겠다. 바람처럼 저어될 것 없는 가뿟함이 이곳에 있는 것 같았다. 심지어 배설물도 모아놓을 필요가 없었다. 소변을 보고 옆에 있는 모래로 쓰윽 덮으면 그만이었다. 모아놓으면 문제가 되겠지만 여행자 일행이 드문드문 떨어져 볼일을 본 것은 금세 증발해버리거나 내일이면 먼지로 날려 척박한 모래땅의 양분이 될 것이다.

허단은 어젯밤 이후 더욱 말이 없다. 나 또한 허단에게 함부로 말을 붙이지 못했다. 춤출 때 돌발 사태 이후 더욱 어색해졌다. 물 컹하면서도 따뜻했던 그 순간이 시도 때도 없이 떠올랐다. 생각하지 않으려 애쓰면 애쓸수록 방금 전에 일어난 일처럼 입술에 어젯 밤의 감각이 되살아났다. 그리고 이내 엉덩이 한쪽이 간질거렸다.

잠을 자는 것도 이동하는 것도 몇몇이 짝이 되어 움직였기 때문에 핑크할머니와 허단, 우석 오빠와 나 이렇게 넷이서 여행하는 것 같았다. 식사 때나 잠깐 모일 뿐 다른 여행자들과는 함께하는 일이 거의 없었다. 워낙 여행이라는 게 그렇지만.

잠시 허리를 편 후 다시 또 달렸다. 달려도 달려도 똑같은 모습이었지만 이상하게 지루하지 않았다. 이곳에서는 시간이 세분화되어 쪼개지는 것이 아무 의미가 없다는 생각이 들었다. 툭 툭 크게 잘라 해 뜨는 아침, 낮, 그리고 밤. 눈뜨면 걷거나 달리거나 때 되면 먹고 해 지면 잠자는 것, 더 이상 무엇을 할 것도 구할 것도 없이 간략했다. 눈앞에 보이는 모든 것이 간결했다. 드넓은 하늘, 그 아래 하늘 모양의 땅, 가끔씩 아주 가끔씩 점을 찍는 말, 낙타, 양 떼, 그리고 바람에 날리는 지푸라기 같은 사람.

드디어 신성한 땅, 에르기니조에 도착했다. 드넓은 고원에 있는 듯한 착각이 들었다. 지층을 볼 수 있는 절벽이 있고 절벽 아래 바다와 같은 고비가 난바다처럼 펼쳐져 있다. 사막이 마치 물 빠진 바닷가처럼 보이고 저 멀리 희부연 지평선은 수평선이라고 착각할 만큼 부연 안개 속에 있다. 물때가 되면 곧 바닷물이 찰랑거리며 차오를 것 같은 분위기의 사막이었다. 사막에서 바다를 꿈꿀 수 있고 바다를 그릴 수 있는 곳이었다.

현지인들과 함께 우리가 묵을 이동식 게르를 지었다. 기다란 나무로 간격을 맞추어 게르의 뼈대를 만들고 그 위에 가죽 천을 씌워 밧줄로 묶었다. 저녁으로 양고기찜 허르헉이 나왔다. 양고기 사이에 달궈진 돌이 보이고 뽀얗게 익은 감자가 제법 맛있어 보였다. 저마다 뼈다귀 하나씩 들고 우악스럽게 뜯었다. 먼 거리 이동 후 짐을 풀며 허기를 달래는 유목민 같았다.

밤이 되자 자동차에서 흥겨운 몽골 노래가 흘러나왔다. 몽골 사람들은 춤과 노래를 좋아한다고 했다. 누가 먼저랄 것도 없이 현지인들과 한데 어우러져 춤을 추기 시작했다. 핑크할머니는 단연 돋보였다. 현지인들도 할머니의 춤사위를 보며 박수를 치고 웃으며 감탄을 자아냈다. 가장 춤을 잘 추는 현지인과 박자에 맞춰 춤을 추는데 미리 연습이라도 한 듯 호흡이 척척 맞았다. 할머니의 트레이드마크인 분홍빛 스카프를 날리며 달빛 아래 초원을 스테이지 삼아 밟는 스텝은 현란했다. 할머니가 완전 주인공이었다. 일행들은 할머니를 중심에 두고 빙 둘러서 손뼉을 치며 응원했다. 핑크할머니는 춤에 완전 도취되어 짙어가는 어둠의 농도만큼 초원의 밤에 녹아들었다.

몇몇은 게르에 들어 흘러간 옛노래를 흥얼거렸고 몇몇은 별빛을 머리에 이고 걸었다.

낯선 사람 멤버는 땅에 등을 대고 누웠다. 어제와는 느낌이 또 달랐다. 이곳은 더 축축하다고 해야 하나? 울퉁불퉁 올라온 풀포기와 자갈이 좀 배기긴 했지만 땅에서 올라오는 찬기를 막아주었다. 낯선 사람의 일상을 보여줄 때는 언제나 하늘에 별이 뜨기 시작할 때이다. 그러니까 별은 고백을 재촉하는 하나의 신호였다. 허단은 몇 번인가 입술을 달싹이는 소리를 낸 뒤 낮은 목소리로 말했다.

중학교에 입학하자마자 친구랑 럭비부에 들게 되었다. 친구가 자기한테 딱 맞는 운동이 있다며 구경 가자고 하여 시작된 일이다. 격렬한 몸싸움 같은 럭비를 보며 자기도 몸이 부서져라 한판 뛰어들고 싶다는 게 이유였다. 저렇게 부딪히고 깨지면서도 아무렇지도 않게 다시 일어서는 모습이 놀랍다며, 자기의 몸과 체력을 시험해보고 싶다고 했다. 또래에서는 볼 수 없는 특이한 생각에 끌려 따라 나섰다가 일이 생긴 것이다. 이건 순전히 구경하다 생긴 일이다.

운동장에는 선수들이 한창 공을 던지고 받는 연습을 하던 중이었다. 어느 순간 공이 튕겨져 내 발치로 떨어졌다. 나는 공을 주워 힘껏 던졌다. 공 던지는 모습을 본 코치의 눈에 띄게 되었고 나는 그 자리에서 체력 테스트를 받았다. 내가 아니라 얘라고 아무리 얘기해도 나에게 눈독을 들였다. 나는 덩치가 큰 편인데도 순발력 있다는 소리를 종종 들었다. 체육대회 때 곧잘 달리기 선수로 나가곤 했다. 그래도 운동선수 같은 건 생각해보지 않았다. 그다지 승부욕이 있는 것도 아니고 악바리로 무엇을 해야겠다는 마음도 없었다.

그런데 럭비공을 잡고부터는 그게 아니었다. 경기 때마다 승부욕이 솟구쳤고 공을 한번 잡으면 꼭 트라이까지 연결하여 점수를 따내고야 말았다. 공을 잡고 수비와의 몸싸움을 피하며 빠져나가는 모습이 마치 물고기 같다고 했다. 아빠도 예상치 않은 진로 변경에 당황스러워했다. 럭비 선수로 상급 학교는 물론 대학도 갈 수 있다는 감독의 설득에 아빠, 엄마는 조금 흔들리는 것 같았다. 나와 충분히 얘기를 나눈 뒤 결정하겠다며 아빠는 미루었다. 나도 전국을 제패할 수 있을 것 같은 패기로 자신감이 충만해 있었다. 변한 내 태도를 보고 아빠도 마음을 굳히는 것 같았다.

나는 공격수였고 친구는 수비수였다. 친구와 함께 미래를 그리며 열심히 했다. 늦게 시작한 만큼 강도 높은 훈련의 연속이었다. 공부와는 담을 쌓고 운동만 해야 했다. 그것도 그리 나쁘지 않았다. 반면 엄마 아빠는 무척 불안해했다. 운동은 그야말로 모 아니면 도라며 자연스럽게 연결되지 않으면 다시 원점으로 돌아가 새로운 무엇을 시작해 보기에는 너무 리스크가 크다고 했다. 뒤떨어진 공부는 어떻게 만회할 것이며 교우 관계도 힘들어질 것이라고 했다.

공을 잡으면 절대 놓지 않는다 하여 불독이라는 별명을 얻었고 친구 또한 수비와 공격이 가능한 고릴라 같은 돌파력이 주특기였다. 내가 상대 수비를 피해 물고기처럼 빠져나가는 스타일이라면 친구는 내게 붙는 수비가 나가떨어지도록 저지하는 고릴라였다. 그래서 상대팀에서는 두 괴물의 환상 조합이라고 불렀다.

전국대회 우승을 거머쥐었고 소년체전 우승도 무난히 넘어서게 되었다. 3연승으로 계속 이어갈 일만 남은 줄 알았다. 그것이 거저 오리라고는 생각하지 않았지만, 주목을 받을수록 훈련은 더욱 혹독해졌고 점점 체력의 한계를 느꼈다.

날마다 부상이었다. 손가락 마디마디는 물론 팔 뒤꿈치와 어깨는 늘 붕대를 감고 다녀야 했다. 하얀 붕대가 마치 훈장이라도 된 양 부위가 늘어날수록 기분이 으쓱했던 시간도 그리 길게 가지 않았다. 중학교 3학년 늦여름, 더위 때문에 숨 쉬기도 버거운 오전이 지나자 소나기가 내렸다. 그늘 아래서 훈련하던 아이들은 너 나 할 것 없이 소나기 속으로 뛰어들었다. 운동장의 모래알이 튀어오를 정도로 거세게 내렸다. 시원했다. 빗방울이 얼굴에 터질 때마다 내 안에 웅크리고 있던 무언가가 터지는 것 같았다.

3연승을 향한 감독과 코치의 집착은 점점 심해졌고 훈련의 강도는 죽을 것 같은 순간까지 밀어붙였다. 3연승의 결과물로 감독과 코치가 학교와 딜을 했다는 소문이 돌았다. 기분이 더러웠다. 그날은 토요일이었고 소나기가 지나간 서쪽 하늘은 핏빛으로 붉었다. 해는 점점 기울고 물기 서린 바람이 불었고 운동장엔 비 맞은 빨래 같은 내가 혼자 걸어가고 있었다. 축 처진 기다란 그림자가 앞서 걸었다. 내가 운동을 계속한다면 이 혹독함은 끝나지 않을 것이다. 더 높은 레벨의 목표를 위해 훈련의 강도는 세질 것이고, 그것이 왜 누구를 위해 견뎌야 하는지 물음이 생겼다. 왜 이걸 내가 견뎌야 하지? 꼭 이 방법밖에 없나? 내 체력의 한계를 확인하며 극한의 바닥까지 찍고 올라오는 반복의 시간들이 더없이 지겨웠다.

운동장 한가운데 서서 나에게 물었다. 견딜 수 있는지. 대답은 자신 없다, 였다.

그날 아빠에게, 마음이 변한 건 소나기 때문이라고 바람 탓인 거 같다고, 해가 기울었기 때문이라고 아니 토요일이었기 때문이라고 횡설수설하며 얘기를 늘어놓자, 아빠는 말없이 나를 안아주었다. 아빠는 예상하고 있었던 듯 가만가만 나의 등을 쓸었다. 순간 울음이 터졌다.

"너무 힘들어. 너무 힘들어서 못 하겠어요."

차갑게 식은 바람이 휘몰아쳐 불었다. 후두둑 빗방울이 떨어졌다. 바람이 어디선가 급하게 물 몇 방울을 실어온 듯 굵은 빗방울이었다. 낯선 사람 멤버들은 자리를 거두어 각자의 숙소 안으로 뛰어 들어갔다. 바람이 또한 금세 빗방울을 거두어가는 사막이라는 것을 알지만 기온이 뚝 떨어져 어금니가 딱딱 부딪힐 정도로 추웠다. 달도 없고 별도 없으며 지상에는 불빛 한 조각 보이지 않는 칠흑 같은 밤이다.

때마침 떨어진 빗방울이 얼마나 고맙던지. 허단의 이야기를 듣는 내내 가슴이 조마조마했다. 제 감정에 빠져 설마 우는 건 아니겠지. 헐, 그러면 이 난감함을 어째야 되는 거지? 등등 나만 그런 건 아닌 거 같았다. 우석 오빠도 이때다 싶은지 얼른 자리를 박차고 게르 안으로 몸을 감췄다.

이불을 머리끝까지 덮었지만 잠이 오지 않았다. 축축하게 젖은 바람만이 휘휘하게 게르를 감으며 에르기니조의 밤을 더욱 차갑게 만들었다.

아침에 일어나 얼굴을 문지르자 버석하게 모래가 쓸렸다. 눈두덩에 뽀얀 모래 먼지가 소복했다. 아, 이렇게도 살 수 있는 거구나. 물이 돈보다 귀한 사막이기 때문에 씻는 것도 모두 생략했다. 심지어 양치질도 자제해야 했다. 먹는 것 외에는 물을 쓸 수 없었다. 평소 씻는 것을 좋아하지도 않았지만 시원하게 머리라도 감고 싶은 욕구가 강렬했다.

아침 빛에 모래 알갱이부터 잔돌까지 반짝반짝 빛이 났다. 쌀쌀한 늦가을 바람 느낌이 났다. 아침 해를 등에 지고 걸었다. 그림자가 앞으로 길게 늘이었다. 또 하나의 내가 흑백의 거인이 되어 걸어가고 있다. 검은색의 또렷한 윤곽이 사막 위에 길게 늘어져 앞서 걸었다. 저것 또한 나의 모습이다. 내가 모르는 내 모습에 앞으로 나는 얼마나 당황하고 놀랄 것인가. 그림자를 길게 늘이며 걸어가는 토요일 오후의 자신이 슬퍼서 운동을 그만둔 허단이 떠올랐다.

지평선을 향해 계속 걸었다. 끝닿는 데까지 가보고 싶었다. 저 지평선을 넘어가면 무엇이 있을까. 지평선은 내가 걸어온 만큼 꼭 그만큼 멀어져 있다. 여행 일정 중 초원에서 하루 종일 어슬렁거리기가 있는데 그건 의도하지 않아도 저절로 발생하는 자연스러운 마음이었다. 지평선 끝에서 마치 나를 잡아당기는 것처럼 걷고 또 걸었다. 걷다 보면 하얀 도마뱀도 보이고 쇠똥구리가 경단을 굴리며 부지런히 어딘가로 향하는 것도 보이고 크고 작은 들꽃이 소담스레 꽃을 피워 올린 것도 보인다. 말똥 경단을 굴리는 쇠똥구리의 등껍질은 윤기로 반들거렸다. 마치 살아 있다는 건 이렇게 윤이, 아니 빛이 나는 거야, 라고 말해주는 것 같았다. 우리의 심장이나 폐가 단 한 번도 쉬지 않고 움직이는 것처럼 쇠똥구리도 여섯 개의 발을 바지런히 옴지락거리며 어딘가로 향했다. 방향을 틀때 빼고는 절대 움직임을 멈추지 않았다. 한참 동안 쪼그려뛰기 자세로 쇠똥구리의 움직임을 따라갔다. 가끔씩 메뚜기가 간주처럼 튀어오르고 모래 빛과 똑 닮은 도마뱀은 어쩌나 몸이 재바른지 잡았다 싶으면 어느새 손가락 사이로 빠져나가 쏜살같이 모랫살을 가르며 달아났다. 이 모든 것은 땅 위에 아주 낮게 이웃하여 살고 있다.

오던 길을 뒤돌아보았다. 한 개 점처럼 하얀 게르가 부표가 되어 지평선 위에 떠 있다. 게르가 없다면 길을 잃을 것이 분명했다. 사방에 좌표가 되는 것은 아무것도 없다. 그래도 걷고 싶었다. 내가 언제부터 이렇게 걷는 것을 좋아했다고. 엄마가 알면 분명 어쭈, 하며 코웃음 칠 것이다. 이 또한 설명하지 못할 일이다. 밥만 먹으면 끝 간 데 없이 걷는 게 일이었고 또 걷고 싶었다.

저만치 누군가 걸어오고 있다. 허허벌판에 기다란 허수아비가 휘적휘적 바람을 타는 거처럼 보인다. 허단이다. 한편으로 반가웠지만 민망함도 있다. 고백 이전과 이후의 상대는 전혀 다른 사람으로 다가온다. 낯선 사람 규칙이 떠올랐다. 들은 말은 절대 알은체하지 않기. 어젯밤 울음 섞인 허단의 목소리가 고스란히 되살아났다. 허단과 마주하게 되면 어찌해야 할지. 도마뱀이라면 모래 구덩이 속으로 머리를 박으며 숨어들 수 있을 텐데. 사실 이 민망함은 내 문제가 아니라 허단의 문제인데도 외려 들은 사람이 더 죽을 지경이었다.

어젯밤 빗방울 덕에 얘기가 자연스럽게 끊겨 간신히 내 차례는 오지 않았다. 낯선 사람 모임을 그만하자고 얘기하고 싶었다. 듣는 사람도 그렇거니와 고백을 하는 사람도 민망하기 그지없을 것 같아서였다.

"괜찮니?"

내가 허단을 돌아보며 물었다.

"뭘?"

허단은 아무렇지 않은 척 태연하게 물었다. 너, 규칙 잊었냐? 하는 되물음 같기도 했다.

"아, 아니. 그 그냥."

다행이다. 나는 얼른 분위기를 바꿔 단에게 물었다.

"왜 따라오는데?"

아무래도 몽의 사주가 있었을 거다. 그렇지 않고서야 공항에서부터 지금껏 내 뒤에 항상 붙어 있을 수 있는가.

"왜? 너희 아빠가 시키니? 나 잘 감시, 아니 관리하라고?"

"야, 넌 꼭, 애가 매사에 그렇게 의심이 많냐?"

"봐, 지금도 내 뒤에 있잖아."

"너, 나 일부러 피하는 거냐? 왜?"

허단이 도무지 모르겠다는 표정으로 되물었다.

"아니, 그냥 어젯밤 일, 민망할 거 같아서."

"야, 쿨한 척은 독판하면서. 난 어젯밤 이후 속이 시원해졌어. 말하고 나니까 그때 내가 왜 그랬나 정확히 알아가는 것 같기도 하고. 그래서 더욱 후회 안 할 자신도 생기는 것 같고."

나는 허단의 눈을 피하기 위해 발치의 풀을 발로 톡톡 차며 듣다 의외의 반응에 올려다보았다.

"아, 그래? 그렇구나……."

생각보다 괜찮은 아이 같았다. 괜히 내가 오버 떨며 촌스럽게 군 것 같았다.

"할 말이 있어."

몇 날 며칠 끙끙 앓다가 안 되겠다 싶은지 털어놓겠다는 표정이었다.

"뭘?"

아무것도 짚이는 게 없었다.

"여행 오기 전, 너네 엄마를 우리 아빠가 만났다고 했잖아."

"그래, 사진전서. 근데?"

"넌 네 엄마한테 아무 눈치 못 챘니?"

뭐래? 밑도 끝도 없는 저 말은?

"뭔데? 난 이번 여행 혼자 오게 된 것도 공항에서 짐 부치기 전에 알았다니깐. 완전 사기 당한 기분 같은 거 너 알아?"

"그날 말이야, 사진전에서 너네 엄마 만나고 온 날."

허단은 사뭇 진지하게 말을 이었다.

"아오, 숨 넘어가겠어, 뭐? 빨리 말해."

더럭 겁부터 났다. 허단의 입에서 도대체 무슨 형태의 말이 나오려고 저리 뜸을 들이는지 알 수 없었다.

"모르겠다, 이런 말 해도 될지. 나도 거의 꿰맞추다시피 하는 거긴 해. 비행기 안에서 너한테 하는 아빠 말 들으며 낸 결론이야."

"야, 너 죽을래? 무슨 사내자식이 전주가 그리 길어? 아우 나 죽을 거 같애. 몸에 힘 들어가고 있는 거 봐. 지금 심장이 터질 것 같단 말이야아."

나는 허단을 향해 냅다 소리를 질렀다.

"아빠가 그날 술을 진탕 드시고 들어오셨는데, 울더라."

"왜 왜? 왜 울어?"

"그것도 우리 엄마 앞에서 평평 눈물을 흘리며. 그렇게 버릴 거면서 나쁜 새끼, 내가 진작에 알아봤어야 하는 건데 나쁜 자식. 네 아빠인지 누구인지 막 욕을 하면서. 그럴 거면서, 그럴 거면서 나쁜 자식. 이렇게 소리치면서 울었거든? 넌 뭐인 거 같냐?"

머릿속이 하얘졌다. 도대체 이 무슨 뜬금없는 삼각관계야? 조금은 당황스러웠다. 몽이 했던 말을 조각조각 기워본다면 엄마를 두고 떠난 아빠가 나쁜 새끼가 되는 거다.

"넌, 지금 그걸 나한테 묻는 거냐?"

이건 내가 원하는 그림이 아니다. 머릿속이 순식간에 뒤죽박죽되었다. 아니 폭탄 맞은 기분이었다. 아빠가 떠난 건 그렇다 치고, 왜 그걸 가지고 허몽이? 눈앞에 도마뱀이 사사삭 모래 고랑을 타넘어 풀 밑으로 숨어들었다. 그렇게 잡으려고 해도 잡히지 않던 것이 굴속으로 들어가느라 구멍 밖으로 꼬리를 내놓고 잡아보세요 하는데도 손이 가지 않았다.

"좋아했고 지금도 잊지 않고 좋아하고 있단 얘기야?"

"그래서?"

허단이 눈을 씀벅이며 되물었다.

"문제는 울 엄마야."

허단이 뒤이어 말했다.

"너네 엄마? 그렇지 너네 엄마. 너네 엄마 앞에서 그랬다는 건 그건 완전 사형감이지."

허몽 그렇게 안 봤는데 완전 로맨티스트 아니야? 아니, 아니 이러고 있을 때가 아니다.

"그래서? 허단? 그게 뭐? 우리 엄마가 너네 아빠의 첫사랑일 수 있지. 남자들은 가슴에 첫사랑, 두 번째 사랑 다 주머니가 따로따로 있을망정 절대 내치지 않는다던데. 너네 아빠도 그런 모양이지."

"잘못하면 심각해질 수 있어."

"뭐가?"

나는 확인되지 않는 일로 속 끓이고 싶지 않았다.

"너네 엄마는 어떠냐고?"

"나는 전혀 모르겠어. 야, 너네 아빠의 짝사랑 아니겠니?"

나는 정말 엄마에게서 아무 낌새도 눈치 채지 못했다.

허단과 말을 하며 걷느라 어느 만큼 왔는지 전혀 의식되지 않았다. 되돌아가려고 돌아보았을 때 저 끝에 게르의 지붕창만 간신히 지평선 끝자락에 걸려 있다. 확실히 지구는 둥글다.

"이런 말을 낯선 사람 모임에서는 할 수 없잖아."

"그건 그래."

나는 정색을 하며 허단에게 물었다.

"그래서 그렇게 나한테 까칠하게 구는 거니?"

"내가 뭘? 까칠하게 군 건 너야."

허단은 가던 걸음을 멈춰서며 말했다.

"관심이 가긴 갔지. 그리고 너 혼자 오는 것도 얘기 들어서 알고 있었고 아빠가 특별히 신경 써주라는 말도 있었는데, 뭐 굳이 신경 쓰지 않아도 될 거 같더라. 고비에 듬성듬성 나 있는 저 수세미 같은 억센 풀들 보이지? 그래 꼭 너 같더라."

"뭐? 꽃도 아니고 풀이라고? 것도 억센 수세미? 이게 정말?"

나는 현욱이한테 들이대던 종주먹을 허단에게 들어 보였다. 허단은 두 눈을 동그랗게 뜨고 놀란 표정으로 말했다.

"것 봐, 드센 것 중에서도 아주 억센? 내 말이 맞지?"

나도 깜짝 놀라 올린 주먹을 숨기듯 내렸다. 이래저래 민망한 일 천지지만 허단과 급 가까워진 느낌이 들었다.

"야, 그래도 우리 엄마가 나 나름 곱게 길렀거든?"

'곱게'라는 말을 붙일 때 속으로 좀 찔렸다. 솔직히 엄마가 날 곱게 기르진 않았다. 막 기른 편이지. 그렇다고 그렇게 막 기른 것도 아닌 것 같다. 나름 이 험한 세상에 적응하며 살라고 어미 늑대가 새끼를 벼랑으로 내치듯 그렇게 길렀다고 해야 할까. 공항에서 나를 혼자 보낸 것도 일종의 그런 거라는 것을 모르진 않는다.

허단이 갖고 있던 마음의 무게가 내게로 넘어온 듯했다. 마음이 묵직했다. 아빠를 생각하니 더더욱 발걸음이 무거웠다. 졸지에 아빠는 허몽에게 나쁜 새끼가 되어 있고. 그래 어쨌든 아빠는 지금 우리 곁에 없다.

"여긴 바닷가였나 봐. 어쩌면 잔돌들이 이렇게 동글동글하지? 마치 바닷가 몽돌 같지 않냐?"

나는 부러 딴청을 떨며 걸었다. 숨기고 싶은 긴밀한 부분까지 허단에게 노출된 것 같아 기분이 좋지 않았다. 상대는 나를 훤히 알고 있는데 나는 아무도 모르겠거니 하다가 확 드러났을 때의 당황스러움 같은 것이라고 해야 하나? 게다가 우리 엄마와 허단의 아빠 몽이 관계된 아주 사적인 엮임이라니. 정말, 난감하네 소리가 절로 비어져 나왔다. 자칫하다간 허단과 남매가 될 수도 있다는 거잖아. 생각이 거기에 미치자 나도 모르게 머리채를 흔들었다. 말도 안 돼. 아빠를 생각해라. 어떻게 순식간에 아빠를 배신하고 다른 사람으로 대체할 생각을 하냐. 참내, 지나가던 도마뱀이 웃을 일이다.

"봐, 모래땅도 마치 파도가 걸러내어 잔모래는 모두 실어가고 굵은 거만 남긴 거 같잖아."

"그래."

허단은 영혼 없이 대꾸했다. 심드렁한 허단을 향해 내가 말했다.

"너, 그렇게 심각하게 생각할 거 없어. 어른들 일은 어른들이 알아서 할 거야."

이 말은 내가 나에게 하는 말이기도 했다. 사실 허단보다 내가 더 심각한 것 같았다. 허단은 말없이 걷기만 했다.

뜻밖에도 계곡이 있는 돌 언덕이 펼쳐졌다. 요 며칠 동안 보지 못했던 아니 기대하지 않았던 생경한 풍경에 놀라 허단과 나는 누가 먼저랄 것도 없이 허겁지겁 언덕으로 향했다. 저 언덕 너머에는 무엇이 있을까? 몽골인들이 길을 잃었을 때 높은 언덕에 올라 손차양을 하고 끝 간 데 없는 지평선을 좇던 모습처럼 멀리 언덕 아래를 내려다보고 싶었다. 이곳 사람들이 시력이 좋을 수밖에 없는 이유를 알겠다. 시선 끝에 걸리는 것에 초점을 맞출 수밖에 없는데 소실점은 항상 아스라하게 끝이 보이지 않는 지평선이기 때문이다.

"어? 저거 봐. 야생 말 떼다."

허단이 손차양을 하고 먼 데를 가리키며 말했다.

"어쭈, 제법 유목민스러운데?"

거짓말처럼 저 멀리 말 떼가 뽀얀 먼지를 일으키며 달려오는 것이 보였다. 말발굽 소리는 점점 거세졌다.

언덕 아래는 간신히 발목까지 적실 수 있는 물이 흘렀다. 여기서는 젖과 꿀 같은 물줄기일 것이다. 사막에 물이 있다니. 이 근방의 야생동물들은 모두 여기서 물을 먹는지 물빛은 동물들의 배설물로 푸르스름했다. 물 냄새를 맡고 멀리서부터 달려오는 발길에는 얼마나 큰 기쁨이 묻어 있는 것일까. 사막의 짐승이 되지 않고는 그 기쁨을 알 수 없을 것이다. 나는 눈을 감고 숨찬 말발굽 소리를 들었다. 가슴속에서 우렁우렁 알 수 없는 것이 올라왔다. 이런 걸 감동이라고 하는 것인가?

허단과 나는 언덕에 앉아 말 떼를 훔쳐보았다. 가까이 보고 싶었지만 야생 말 떼는 워낙 예민하여 달아난다는 몽의 말이 떠올랐다. 바위 언덕 뒤에 숨어 아래 계곡을 내려다보며 물 먹는 말의 엉덩짝을 보았다. 족히 스무 마리는 돼 보였다. 어린 말도 더러 있었다. 물을 먹고 한참이 지났는데도 말들은 계곡을 떠나지 않았다. 말들의 다리 사이로 얼핏 새끼 말 한 마리가 쓰러져 있는 것이 보였다. 가슴이 덜컥 내려앉았다.

"어머, 어떻게 해. 병에 걸렸나 봐. 아님 물 마시러 너무 급하게 와서 쓰러진 건가?"

나는 입을 가리고 혼잣말처럼 말했다.

"근데, 잘 봐. 큰 말들이 엉덩이를 쓰러진 말 쪽으로 돌리고 지키고 있는 것처럼 보이지 않니?"

허단이 차분하게 말했다.

"그래, 그런 거 같다."

나는 가슴이 또 한 번 쿵 내려앉았다.

"완전 감동이다."

내가 뒤이어 말했다. 허단은 말없이 말 떼로부터 눈을 떼지 못했다.

몇몇 말들은 여전히 밖을 경계하듯 말머리를 밖으로 돌린 채였고 몇몇은 쓰러진 새끼 말 주위를 빙빙 돌며 꼬리를 흔들었다. 기다리는 것일까, 아님 차마 그 자리를 떠나지 못하는 것일까.

얼마 후 신기하게도 새끼 말이 모래를 털며 일어섰다. 그러자 말들은 물길을 따라 유유히 걸어 계곡을 빠져나간 뒤 언덕을 넘어 다시 달리기 시작했다. 야생의 비밀을 나만 본 것 같은 벅참이 있었다. 허단과 나는 몸을 일으켜 오던 길로 되돌아섰다. 사방 어디에도 게르의 지붕은 보이지 않았다.

"무슨 생각하니?"

허단은 고개를 길게 빼고 아스라이 멀어지고 있는 말무리의 뒷모습을 좇았다.

"아빠."

허단의 목소리는 굳게 잠겨 있다.

"그래, 그럴 거 같았어. 나도 울 엄마 생각했는데. 울 엄마는 쓰러진 나 두고 그냥 갈 사람이긴 해. 그 정도로는 죽지 않으니 이기고 오라 이거지. 돌아가면 지금 본 말들의 이야기 그대로 해줄 거야. 엄마는 말보다도 못하다고."

내가 쌓인 불만을 털어내듯 열변을 토하며 말했다.

"하하하, 너 꽤 웃겨."

처음 듣는 허단의 웃음소리였다. 웃기도 하는구나.

"아마 너네 아빠하고는 울 엄마 정반대일 걸. 내가 하던 운동 그만둔다고 했으면 우리 엄마는 아마 두들겨 팼을 거……야."

아차 싶었다. 나는 말끝을 흐리며 허단의 눈치를 보았다.

"아, 미안. 너한테는, 미안 정말."

"괜찮아. 어젯밤 말하고 나니 나한테도 엄마, 아빠한테도 지금도 선수로 뛰고 있는 친구한테도 미안한 마음이 덜해졌어."

하늘에 하얀 구름이 드넓게 퍼져 있다. 어느 바람이 휘몰아 구름을 저리 만들었을까.

"정말, 내 마음이 무엇인지 그때보다 더 선명해졌거든. 내가 행복해야 엄마, 아빠도 행복하다는 말을 늘 하셨으니까."

"너, 보기보다 있어 보인다, 하하. 어제 나보다 내공 급수가 장난아니게 높아 보이더라."

허단은 바지 뒷주머니에 손을 찔러 넣고 약간 폼 잡으며 앞서 걸었다. 게르를 향해 오던 길을 되짚어 걸었다. 얼마의 시간이 쌓여 여기까지 왔을까. 까마득히 게르의 지붕창이 서서히 모습을 드러냈다.

게르에 거의 도착할 즈음, 앞서가던 허단이 뒤돌아서며 말했다.

"넌, 말할 때나 웃을 때는 풀이 아니라 꽃 같은 거 아냐?"

허단은 휙 뒤돌아서 제 숙소로 달려 들어갔다. 나는 눈앞이 어찔했다. 발바닥이 붕 뜨는 것 같은 느낌도 들었다. 꽃이라지 않나.

밤이 이슥해질 무렵 드디어 내 차례이다. 사실 빛나 얘길 떠올렸지만 그건 어쩐지 내가 비겁해지는 느낌이 들었다. 나를 위해 빛나의 죽음을 빌려오고 싶진 않았다. 시간이 지날수록 왜 빛나에게 빚을 진 느낌이 드는 걸까? 더 이상 빛나에게 빚을 질 수는 없다.

핑크할머니나 우석 오빠, 그리고 허단에 비해 좀 약하긴 하지만 나름 무지 심각한 사건이 있었다. 사실은 허단의 말에 용기를 얻었다. 좀 오글거렸지만 드센 풀보다는 꽃이라는 말이 듣기 좋았다. 실은 낮 동안 내내 기분이 좀 이상할 정도로 업되었다. 처음 듣는 말, 그로 인해 그동안 처참히 일그러졌던 내 자존심이 조금은 펴지는 것 같기도 했고 그때의 쓸쓸함이 조금은 상쇄되는 듯도 싶었다.

중학교 때 선생님 중 한 분은 말끝마다, 아니 말 시작마다 '못생겨가지고~'라는 말을 덧붙였다. 그건 선생님의 말버릇이라며 신경 쓰지 않으려 했는데 어느 한 날 폭발하고 말았다. 말버릇으로 넘어갈 일이 아니었다. 예쁘장하거나 성적이 뛰어나거나 살살거리는 아이들한테는 절대로 그 말을 덧붙이지 않았다. 대놓고 넌 예쁘니 봐준다는 둥, 난 너 못생겨서 싫어, 못생겼으면 애교라도 있어야지 원, 장작개비도 너보다 낫겠다, 라는 말을 서슴지 않았다. 듣는 사람 기분을 단박에 시궁창 물로 만들었다. 감정을 싣지 않고 들으려고 애쓰면 애쓸수록 눌러놓았던 것이 꾸역꾸역 올라왔다.

"오늘은 바쁘게 진도 빼야 하니까, 빨리빨리 나가자. 야, 거기 못생긴 애 선생님이 방금 뭐라고 했냐? 엉?"

"진도 빨리 빼자구요."

짝과 얘기하던 다래가 움찔하며 말했다.

"왜 자꾸 떠드냐? 못생겨가지고."

다래는 책상 위로 머리를 떨어뜨리며 말했다.

"아오, 빡쳐."

"너, 방금 뭐라고 했냐? 나와."

화약고 같은 분위기에 내가 기름을 붓고 말았다.

"선생님, 그 말씀 안 하시면 안 돼요?"

"뭐?"

선생님은 이것들이 오늘 날을 잡았구나 하는 표정으로 나를 바라보았다.

"못생겨가지고, 이 말요."

하필 이럴 때 동병상련의 마음이 불타올랐나 모르겠다.

"야, 내가 못생긴 놈한테 못생겼다고 하는 건데. 없는 말 하는 것도 아니고 이 자식들이 정말. 오늘 바쁘다 했어 안 했어?"

"그 말씀은 진짜 아닌 거 같습니다. 선생님 키가 아주 작은 편인데, 키는 작아가지고, 뭐 이런 유의 말을 덧붙여 들으면 기분 좋으세요?"

설마 죽기야 하겠어. 선생님의 얼굴은 완전 시뻘게지며 일그러졌다.

"뭐야?"

선생님 손에 들려 있던 교과서가 교탁 위로 날아갔다. 나는 기왕 엎질러진 물, 이참에 더욱 확실하게 못 박기로 했다.

"그러니까, 저희한테도 그런 말 빼주세요."

"이 자식이? 정말 보자 보자 하니깐~ 너도 나와!"

살벌했다. 선생님은 아이들을 둘러보며 말했다. 잠자던 아이들은 왜 이렇게 시끄럽게 구냐는 얼굴로 인상을 구기며 고개를 들었다.

"휴대폰 반납 안 하고 갖고 있는 새끼 있지? 찍으려면 찍어. 그리고 경찰에 신고해라."

휴대폰 갖고 있다 걸리면 벌점이 어마어마하기 때문에 갖고 있는 아이는 없다.

선생님은 소매를 걷은 뒤 다래의 따귀로 손을 올렸다. 짝 소리가 났고 다래는 휘청거리며 쓰러지기 일보 직전까지 갔다. 그다음 내차례였다. 솥뚜껑 같은 손이 내 왼쪽 볼로 날아왔다. 한동안 귓속에서 삑~ 소리가 났다.

그날 오후 학생과에서 연락이 오고 상담실에 불려가 반성문을 써야 했다. 반성문 쓸 일이 아니라고 버팅기다 담임선생님이 부모님들 부르지 않는 걸 다행이라 여기라며 조용히 마무리하자고 회유했다. 못생긴 사람한테 못생겼다고 말하는 것은 두 번 죽이는 일이라고 반성문에 썼다가 찢기고 또 찢겼다. 못생긴 사람은 인권도 생각도 없는 줄 아는 것 같았다.

"너희들과 친하게 지내보려고 그런 거라는데. 못생긴 놈한테 진짜 못생겼다고 하셨겠냐?"

학생주임은 말의 맥락을 이해 못한다며 우리들 탓을 했다.

"선생님께서 그러셨어요. 못생긴 놈한테 못생겼다고 하는 건데 내가 틀린 말 했냐는 식으로요."

나는 못생긴 아이들 연대 대표라도 된 것처럼 투쟁했지만 같이 싸워주는 사람이 없었다. 다래는 이딴 거에 신경 쓰며 끌려다니고 싶지 않다고 학교에서 원하는 대로 반성문을 써서 제출했다. 나에게는 외모 콤플렉스의 다른 표현이라는 뒷말이 떠돌았다. 선생님들 간에는 예의도 모르는 되바라진 아이가 되어 있었다.

나는 혼자였다. 그 무렵 아빠가 떠났고 엄마는 동굴 속에 자신을 가두었다.

예의 없게 군 것에 대해서는 잘못을 시인했다. 왜 내가 예의 없게 굴 수밖에 없었는지는 중요하지 않았다. 그 선생님의 직접적인 사과는 없었지만 그 말을 쓰지 않겠다는 말은 학생주임을 통해 들었다. 그 이후, 친구들도 다른 선생님들도 내 앞에서 말을 조심하는 것 같았다. 사린다고 해야 하나? 공연히 건드리면 안 될 벌집 같은 두려운 존재가 되어 있었다. 아이들은 쓸데없는 거에 에너지 쏟는 내가 이해가 안 간다고 했다. 그 시간에 문제 하나 더 풀겠다고 했다. 더없이 외롭고 힘들었다. 현욱이만이 제발, 혼자 그렇게 맞짱뜨려는 자세 좀 버리라고 빌다시피 했다. 내가 상담실에 불려가 나올 때까지 기다려준 건 현욱이뿐이었다.

그날 밤, 반 카페에는 익명으로 글이 하나 올라왔다. 그 글이 문제가 되었다. 결국 나는 그 글로 인해 출석 정지를 맞게 되었다.

출석 정지 맞은 사건은 다음에 얘기한다고 하자, 초원에 누워 있던 허단과 우석 오빠가 약속이라도 한 듯 벌떡 일어났다. 허단이 들릴 듯 말 듯하게 말했다.

"억센 풀이 맞다니깐."

뒤이어 우석 오빠가 낮게 읊조렸다.

"세다."

이때다 싶은지 할머니도 한마디 했다.

"에이, 규칙이고 뭐고 한마디 해야겠어."

할머니는 동의를 구하듯 멤버를 둘러본 뒤 덧붙였다.

"고약한 선생이네. 그런 사람보고 뭐라고 그라는 줄 알어? 눈이 삐었는가부다 하는 겨."

핑크할머니는 내 등에 묻은 흙과 툿검불을 털어내는지 한참 동안 토닥거렸다.

허단의 말처럼 속이 좀 시원해지는 것 같았다. 적어도 이곳에서 내 말을 들어주는 사람들은 내 편일 것이고 속에 있는 어떤 말을 꺼내놔도 비밀이 보장될 것 같은 밤이다. 몽골에서 다섯 번째 밤이 지나고 있다.

마른번개가 치고 천둥이 울었다. 이 드넓은 고비에 번개가 치면 번개는 어디에 꽂히게 되는가. 번개를 보기 위해 게르 밖으로 달려 나갔다. 혹시 내 머리 위로 떨어질지 모른다는 불안감이 일었지만 한 번쯤은 꼭 확인하고 싶었다. 번개는 지평선 끝으로 실지렁이처럼 빠르게 꿈틀대며 사라졌다. 비가 왔다. 현지인들은 우리 일행이 비를 모셔왔기 때문에 좋은 기운을 몰고 온 사람들이라고 했다.

간밤의 천둥과 번개, 비바람에 씻긴 초원은 맑고 더욱 드넓어 보였다. 시야는 더 멀리 트였다. 햇살이 사물의 올올을 드러냈다. 풀포기의 가느다란 잎사귀, 반들거리는 작은 몽돌, 유리처럼 반들거리는 모래 알갱이들까지 빛나지 않는 것이 없었다.

고개를 젖히고 두 팔을 벌려 하늘을 올려 보았다. 이곳에서 아침을 맞을 때마다 드는 생각이 있다. 어떻게 이리 드넓은 것일까. 그 하늘을 향해 나는 똑같은 말을 되뇌었다.

'어쩌라고 이렇게 넓은 거야 대체.'

드넓은 하늘을 담기에는 내가 너무나 좁았다. 어젯밤 얘기가 떠올라 더더욱 그런 생각이 들었다.

그들만의 방

사막을 달리다 보면 가끔 우물을 발견할 때가 있다. 꿀단지 보관하듯 우물엔 항상 뚜껑이 정성스레 씌워져 있다. 우물 옆에는 소여물통 모양의 긴 수조가 있고 그 안에 두레박이 담겨 있다. 수조는 언제나 바짝 말라 있다. 이곳을 지나는 사람이라면 플라스틱이나 낙타 오줌보로 된 두레박으로 물을 퍼 올려 수조에 물을 가득 채운다고 한다. 사막에서 수조의 물 한 방울은 생명들의 목숨줄이다. 물을 퍼 올릴 수 있는 건 사람밖에 없으니 누구든 수조를 채워놓고 길을 간다고 한다. 사람만이 할 수 있는 것으로 다른 생명들과 나누려는 것이 숨 쉬고 밥 먹는 일처럼 일상적인 거라는 게 좀 놀라웠다.

핑크할머니는 두레박으로 물을 뜨며 옛날 물 긷던 솜씨를 발휘

하겠노라고 했다. 우물은 구덩이처럼 생겼기 때문에 발을 헛디디
거나 몸이 쏠리면 빠질 위험이 컸다. 우물 속은 까맣도록 깊고도
차가웠다. 우물 속에 두레박이 철벅하고 떨어질 때 오십 도가 넘
는 햇살도 그 순간만큼은 시원하다고 빛살을 떠는 것 같았다.

　수조를 가득 채운 뒤 일행은 발길을 돌렸다. 반나절에 걸쳐 달
린 다음 왕비의 샘에 도착했다. 땅속에서 물이 몽글몽글 솟아나
는 곳이었다. 그렇다고 물이 많은 것이 아니었다. 아주 적은 양이
다. 솟은 물이 주변을 축축이 적신 후 작은 도랑이 되어 흐르다 마
르는 정도이다. 이렇게 작은 물도 여기서는 오아시스인 셈이다. 초
원의 동물은 가르쳐주지 않아도 이 샘물을 안다. 양이 물을 먹다
가 낙타가 나타나면 슬그머니 자리를 피하고 사람이 나타나면 낙
타가 자리를 피한다. 강자가 나타나면 약자는 자리를 시나브로 내
어준다. 목을 축인 뒤 자리를 내어주고 자리로 들어서는 게 마치
리듬을 타는 것처럼 자연스러워 보였다. 양들이 발을 빠대며 먹던
샘물 속에는 배설물이 그득한데도 현지인들은 그곳에서 흘러나오
는 물을 두 손으로 모시듯 받아먹는다. 그 물에 다시 낙타가 고개
를 길게 늘이며 물을 먹고 그다음엔 말이 먹고 그다음엔 양이 먹
는다. 물을 먹는 낙타 무리의 등 너머로 하늘이 시리도록 푸르렀
다. 물만 있으면 되었다. 저 물빛 같은 하늘만 있으면 된다고 구불
구불 휘어진 낙타 등이 말하는 것 같았다.

별을 보기 위해 낯선 사람 멤버들은 일찌감치 자리를 잡았다. 회가 거듭될수록 흥미진진해지는 드라마를 보기 위해 텔레비전 앞에 모여드는 사람들처럼 게르에서 떨어져 옴닥옴닥 자리를 잡았다. 그다음 이야기가 궁금해 도저히 별이 뜰 때까지 기다릴 수 없었다.

모여 있는 멤버들을 보고 몽이 다가와 말했다. 오늘밤도 별을 보기 힘들다고. 새벽에 하늘이 좀 벗겨지면 별을 볼 수 있다고 했다. 새벽이 되면 깨워줄 테니 그때 별을 보자고 했다. 몽골 초원이라고 해서 사막에 왔다고 하여 날마다 별이 쏟아지는 것은 아니라면서.

핑크할머니는 별이 뜰 때까지 기다릴 수 없다고 했다. 우리가 무한정 이 몽골 땅에 머무는 건 아니지 않느냐고 하면서. 어느새 여행 막바지로 접어들고 있었다. 별은 핑계일 뿐이었다. 별도 달도 없는 까만 밤이지만 눈은 하늘을 향해 있고, 얘기하는 사람의 목소리만이 낙낙하게 귓전을 흔들었다.

허리 수술을 마치고 내가 좀 헛소리를 한 것 같았다. 나는 아무것도 기억하지 못했지만 딸들의 말에 의하면 심각했던 모양이다. 마취에서 깨어난 뒤 멀쩡한 사람들 눈에는 보이지 않은 것이 보인다며 헛소리를 했다고 한다.

"저기 애기 엄마 좀 자리에 앉으라고 해. 왜 애를 업고 저렇게 서성거린대니?"

"저 아저씨는 왜 거지 몰골로 여기 있대니? 나가라고 해. 냄새나."

병실에는 애기 엄마도 거지 몰골의 사내도 없었다. 맞은편 빈 침상을 가리키며

"저이는 누구라니? 고개를 늘어뜨리고 청승을 있는 대로 떨고 있네."

한숨 자고 일어나서 아주 천연덕스럽게

"느이 아버지 어디 갔니? 또 마실 갔대니?"

죽은 지 사십 년이 지난 사람을 옆에 있는 양 찾기도 하고.

간병을 하던 둘째가 기겁을 하고 제 형제들을 소집할 정도였으니까. 그렇게 한꺼번에 병원으로 몰려든 자식들 이름도 헷갈렸다. 생전 그런 일이 없었는데, 나는 자식이 여럿 되어도 한 번도 이름을 바꿔 부른 적이 없다. 손주와 딸, 아들자식, 며느리, 사위까지 도합 스무 명이 넘어도 성 한 번 헷갈린 적이 없고 바꿔 부른 적도 없다. 그때부터 아이들이 나를 이상하게 보기 시작했다.

"엄마, 왜 이래? 정신 차려요. 정신 꼭 붙들어야 해요."

나는 그런 아이들의 반응이 싫었다. 내가 뭘 어쨌다고? 그리고 내 정신이 뭐가 어떻다고? 그 이후 자식들은 나를 치매 노인 취급했다. 실제로 어느 날은 나이도 누워 있는 곳도 날짜도 모를 때가 많았다. 그간 살아온 시간이 뒤헝클어진 것 같았다. 그래도 받아들이고 싶지 않았다. 아무짝에도 쓸모없는 짐짝이 되는 것 같아 끔

찍했다.

아이들 입에서 다른 말 나오기 전에 밥 끓여 먹을 힘은 있으니 혼자 지낼 수 있다고 큰소리쳤다. 자식들 나이가 한창 바쁠 때이기도 했다. 애 키우랴, 직장 다니랴, 다들 밥 벌어먹고 사느라 바쁜 때였다. 제 자식들 건사하는 것도 쩔쩔매는데 거기다 나까지 얹을 수는 없었다.

아프기 전에도 자식들은 언제나 그렇게 말했다. 물김치를 담가놓고 가져가라고 해도, 백숙을 한 솥 끓여놓고 기다려도, 들기름을 짜놓고 불러도.

─지금 좀 바빠요. 시간 없어요. 다음에요.

곧 나아서 복지회관에 춤 선생으로 복귀할 거라고 큰소리치며 오지 말라고 너희들한테 부담 주고 싶지 않다고 했다. 내 몸은 내가 건사할 거라고.

그렇지만 복귀라는 것이 쉽지 않았다. 몸이 더 좋아지는 것보다 더 나빠지지 않으면 다행인 나이 아닌가.

침대에 누워 망연히 천장을 바라보는 시간이 늘었다. 어느 날 천장 모서리마다 거미줄이 하얗게 걸려 있는 게 보였다. 내가 이 집에서 근 이십 년이 넘도록 살지만 거미줄을 본 적이 없다. 사람이 버젓이 살고 있는데 거미줄이라니. 그런데 거미줄마다 모기가 달라붙어 있는 게 아닌가. 살아서 버둥거리는 것도 있었다. 그러니까 거미들이 모기를 잡아주고 있는 거였다. 워낙 오래된 연립주택이라 하수구에서 모기가 올라와 사계절 극성을 부렸다. 요즘 통 보이지 않아 이상하게 여기던 터였다.

어느 한 날은 잠이 자꾸만 쏟아져 내처 잠을 잤다. 오랫동안 앓아온 당뇨가 있어서 끼니를 거르면 안 되는 걸 알면서도 잠이 쏟아졌다. 혈당이 떨어지는지 정신이 혼미해졌다. 먹는 것보다 잠이 더 달콤했다. 이대로 잠들면 그만이었다. 맥박도 멈출 것이고 그동안 한 번도 쉬지 못했던 폐도 심장도 고된 움직임을 멈출 것이다. 그간 살아 있느라 얼마나 고달팠을까. 그럴 때면 이상하게 테레비 볼륨이 서서히 커졌다. 점점 볼륨이 높아져 도저히 잠을 잘 수 없게 시끄러웠다. 너무 시끄러워 몸을 일으키고 그제야 뭔가를 찾아 먹었다. 밥이 되었든 사탕이 되었든. 테레비가 없었다면 난 진작에 저세상 사람이 되었을 거다. 그즈음 송장처럼 누워 있는 내게 유일하게 말을 걸어주는 것은 테레비였다. 아마 잠이 쏟아질 때도 '어서 일어나세욧!' 하는 날카로운 소리에 잠이 깬 듯했다. 막장 드라마의 한 장면이었을 거다. 어린 며느리가 병든 시어머니를 구박하는 장면이었다.

어느 한 날은 화장실을 가기 위해 일어서려는데 도저히 몸이 말을 듣지 않았다. 침대 모서리를 잡고 아무리 비비적거려도 좀처럼 일어날 수 없었다. 그때 믿을 수 없는 일이 눈앞에 펼쳐졌다. 아, 글쎄 수십 마리 거미들이 줄을 타고 내려와 거미줄을 자아내어 내 몸을 친친 두르더니 침대 발치에 비끄러매 잡아당겨 주는 것이 아닌가. 스르륵 몸이 일으켜지고 가슴팍에는 거미줄이 하얗게 동여매 있었다. 화장실까지 가는 동안 거미줄이 사방팔방에서 잡아주어 넘어지지 않을 수 있었다.

그런데 어느 날 딸년들이 우르르 몰려와 거미줄을 죄 거둬버린 것이다. 웬 거미들이 이렇게 많지? 하면서 내가 잠자는 새에 거미줄을 죄 거두어버렸다. 내가 딸년들한테 소리를 고래고래 지르며 왜 거미줄을 걷어냈냐고 노발대발했다. 거미가 너희들보다 낫다고 소리치며 그간 거미들이 어떻게 했는지 얘기하자 딸년들은 지들끼리 눈을 끔쩍거리더니, 울기 시작했다. 엄마, 왜 그러냐고. 그게 말이 되냐고. 역시나 말도 안 되는 소리라고 못 박으며 엄마, 왜 그러냐고 제 설움에 겨워 울기만 했다. 거미들보다 못한 년들이었다.

아니나 다를까 그날 밤, 모기들이 달려들어 내 얼굴이며 팔뚝을 죄 뜯어놓았다. 빨간 반점이 내놓은 살갗마다 수두룩했다.

그때부터 어떻게든 몸을 움직여보기로 작정했다. 거미 같은 미물도 나를 도우려 애쓰고 하물며 고물이 다 된 테레비도 용 쓰는데 내가 나를 돕지 않으면 누가 돕겠나 하는 생각이 들어서 좋다는 것은 죄다 해보기로 했다. 뼈주사도 맞고 물리치료도 다니고 운동도 사부작사부작 시작했다. 예전 같진 않지만 그제야 약간의 춤사위가 나오기 시작했다.

나가 여기 온 건 아무도 모른다. 내 친구 놈밖에 모를 거다. 그 친구는 대학 교수로 정년퇴임하고 몇 년 동안 나에게 춤을 배웠다. 내가 춤 선생으로 다시 나설 수 없다는 것을 알고 그 친구가 넌지시 몽골 한번 다녀오라고 권했다. 죽음의 문턱까지 갔다 온 사람이 권하는 데는 그만한 이유가 있겠지 싶었다.

그즈음, 자식들 말을 엿듣고 싶어서 엿들은 건 아니었다. 내가 잠든 줄 알고 저희들끼리 마음놓고 이 얘기 저 얘기를 꺼냈다. 구구한 말끝에 결론은 요양원이었다. 날 요양원에 갖다 버릴 심산이었다. 치매 등급을 받아야 하네 어쩌네 하면서.

전에 춤 배우다가 어느 날 갑자기 나오지 않은 회원이 요양원에 있다는 소식을 듣고 찾아간 적이 있었다. 하얀 백골 같은 노인네들이 침대마다 누워 있는데 살아 있는 지옥이 따로 없었다. 그들은 마치 산송장 같았다. 난 그렇게 갇혀 하얗게 해골이 돼가며 생을 마감하고 싶지 않았다. 숨이 곧 넘어간다면 모를까.

치매 검진 날짜가 다가오자 아무한테도 알리지 않고 집을 나왔다. 친구놈이 죽기 전에 꼭 가봐야 한다고 입술이 닳도록 자랑하던 이곳에.

내 몸도 정신도 이렇게 멀쩡한데, 자식들이 퇴물 취급하는 게 싫었다. 아무짝에도 쓸모없는 것이 되어 버려지는 것만큼 끔찍한 일이 또 있을까. 제 앞으로 짐짝이 넘어올까 봐 벌벌 떨다 최선의 해결책인 듯 요양원 운운하는 자식들이 괘씸했다. 수술 후 찾아오는 일시적 증상을 핑계 삼아 저희들 맘대로 결론내리고 처리, 그래

처리하려는 게 무서웠다.

그래서 이를 악물고 몸을 움직였다. 조금씩 기력이 돌아오자 친구놈이 아픈 티 내지 말고 이번 여행 다녀오라는 미션인가 미숑인가 그거를 줬다. 나는 자식들한테 말하지 않고 다녀올 거라고 했다. 내가 열흘 동안 집을 비워도 아무도 모를 것이다. 의무적으로 전화하고 어쩔 수 없이 들르는 것도 꼴 보기 싫었다. 거미만도 못하고 테레비만도 못한 것들 같으니라구.

핑크할머니의 말이 끝나자, 눈앞이 팽 돌았다. 할머니의 말을 어디까지 믿어야 할지. 거미는 뭐고 텔레비전 볼륨은 또 뭐지? 자기들끼리 눈으로 말을 하던 할머니 자식들 마음이 이해 갔다. 몽이 여행 내내 할머니를 챙기는 이유가 무엇인지 이제야 알겠다.

우석 오빠에게 들은 지구의 자전 속도가 생각났다. 현기증이 일었다. 나도 모르게 돗자리 바닥을 두 손으로 눌렀다. 빠르게 돌아가는 원판 위에 누워 있는 것 같았다. 눈앞이 아뜩해져 한참 동안 눈을 감았다 떴다.

핑크할머니를 통해 사람의 생애주기를 한꺼번에 봐버린 듯한 느낌이 들었다. 그러니까 생물학적 삶의 궤적은 누구나 비슷할 것이며 아무도 비켜갈 수 없다는 것이다. 외할머니의 죽음을 겪으며 느꼈던 막막한 두려움이 무엇인지 조금은 알 것 같았다. 할머니처럼 나이가 든다면, 나도 그렇게 될 것이다. 결국 그 막막한 두려움의 정체도 나 때문이었다. 더 끔찍한 건 생이 끝날 때까지 견뎌야 하는 외로움이다. 핑크할머니처럼, 그리고 지금의 나처럼.

할머니는 얘기하느라 오른 열을 식히듯 숨을 몰아쉬었다. 한평생의 무거움을 조금이라도 덜어내고 싶은 듯 뱉어내고 또 뱉어내었다. 나와 허단과 우석 오빠는 조용히 할머니 숨소리를 들었다.

우석 오빠의 얘기를 들은 건 왕비의 샘을 지나 시브넹볼락에서였다. 황량한 모래벌판 위에 몇 개의 집들이 마을을 이룬 곳이다. 단층으로 된 허름한 숙소와 마을 한가운데에 공중샤워장이 있다. 샤워장 건물 그늘에서는 동네 아이들 몇이 고무줄놀이를 하고 있었다. 뛸 때마다 폴폴 모래 먼지가 날렸고 아이들의 웃음소리는 또랑또랑하게 고무줄을 넘나들었다.

이곳에서는 새벽에 보는 별이 장관이라고 했다. 별이 뜨기 전, 일행들은 이 방 저 방에 모여 왁자하게 술과 커피를 마시며 여행의 막바지를 달렸다. 나는 어디에도 낄 수 없었다. 낯선 사람 멤버 외에는 여전히 어울리지 못했다. 술도, 커피도 가까이 할 수 없는 어정쩡한 나이이기도 하지만 가족과 함께 온 사람들하고는 섞일 일도 섞일 여지도 없는 혼자 온 사람이다. 별이 뜨길 기다릴 수밖에. 아니 별보다 멤버들의 얘기가 듣고 싶었다. 멤버들의 얘기가 들릴 때 비로소 혼자라는 것을 잊을 수 있었다.

반구형으로 펼쳐진 하늘 끝에 맞닿는 지평선에도 별이 있었다.

별이 땅으로 총총 걸어 내려온 듯했다. 굳이 하늘을 향해 누울 필요가 없다. 눈앞에 펼쳐진 푸른 화면 속, 별들의 잔치를 보면 되었다. 함박눈이 쏟아지는 허공을 바라보는 것처럼. 눈송이처럼 별들이 땅으로 열 지어 내려오는 장면이 화면에 가득 찼다. 한밤중을 지나 새벽으로 가는 시간이다. 기온이 떨어지자 우석 오빠는 숙소 담벼락 쪽으로 기대라고 했다. 흙벽돌로 된 담벼락은 생각 외로 따듯했다. 핑크할머니는 에헤헤이, 웃음을 날리며 처마 밑에 거적때기 뒤집어쓰고 구걸하는 거지 모양새라고 했다. 몽골 초원에 처음 짐을 풀던 날, 게르와 게르 사이에 놓였던 따듯한 박석이 떠올랐다. 할머니는 등이 따시니 좋다고 허단과 우석 오빠도 잡아끌었다. 그렇게 거지 네 명이 황량한 모래벌판 속 달랑 두 채 있는 허름한 숙소 처마 아래 별을 구걸하기 위해, 얘기를 구걸하기 위해 자리 잡았다.

나는 그녀에게 만나고 싶다고 했다. 만나진 않아도 서로의 일상을 나누면 그간의 시간을 공유하는 것이라고 생각했는데 그렇지 않았다. 그녀는 한동안 답이 없었다. 그러다가 얼마 후 만나는 건 곤란하다고 했다. 이대로 SNS상에서 만나는 거로 만족하자고 했다. 딱 한 번만이라도 그녀의 실체를 보고 싶었다. 마음을 나누는 그 사람을 눈앞에서 한 번만이라도 느끼고 싶었다. 그녀를 실감하고 싶었다. 그렇지 않고서는 그녀가 그냥 휘발해버릴 것 같았다.

전에는 거절당하는 게 두려워 피했는데 지금은 그조차도 감당할 수 있을 것 같았다. 상상만으로 만족할 수 없었다. 물질화된 대상에 접촉하고 싶은 욕구는 두려움도 넘어서게 만들었다.

끈질긴 나의 설득에 그녀도 흔들리는 것 같았다. 이렇게 되면 처음 약속과는 다르기 때문에 관계가 깨질 수도 있다고 했다. 그것도 감당할 수 있겠느냐고 물었다. 그건 원하는 바는 아니지만 이 상태로 있는 것보다는 나을 거라고 말했다. 그녀가 만남을 거부할수록 이상하게 더욱 욕구가 커졌다. 하지 말라고 하면 더 하고 싶듯 그녀를 눈앞에서 보고 싶은 열망으로 가득 차 아무것도 하지 못했다.

그즈음, 같은 과 후배가 내게 고백을 했다. 처음이었다. 나는 그녀의 고백을 받아들일 수 없었다. 내 속에는 이미 SNS의 그녀로 꽉 차 있었다. 나의 열망을 채워줄 수 있는 건 오로지 그녀뿐이었다. 눈앞에 후배가 실재해 있는데도 아무 의미가 없었다. 실재한 후배보다 한 번도 실감한 적이 없는 계정 속 그녀가 내게는 더 중요했다.

그녀는 실망하는 것처럼 보였지만 마음의 변화가 있는 것 같았다. 만나기 전에 알아두어야 할 것이 있다고 했다. 그다음에 만남을 결정해도 좋다고 했다. 계정에 한 장의 사진이 올라왔고 사진 속에는 그녀가 아니라 그가 있었다.

그 순간 별똥별이 떨어졌다. 내 심장도 툭 떨어지는 느낌이었다. 연달아 여기저기서 별이 지고 있다. 여기서 슝, 저기서 툭. 별똥별은 폭죽처럼 꼬리를 사르며 가뭇없이 사라졌다. 땅의 비극 같은 건 모른다는 듯, 축제 전날 불꽃놀이처럼 별똥별이 한꺼번에 쏟아졌다. 별들도 감당할 수 없다고 비명을 지르는 것일까. 그만해 그만하라고~. 누구도 숨소리조차 내지 못했다.

얘기를 오랫동안 할 수 없는 건 별똥별이 떨어지는 시간차보다도 추위 때문이었다. 기온이 더 떨어질 모양이다. 담벼락으로 피했어도 불어오는 바람은 어쩌지 못했다. 입에서는 모래가 씹혔다. 바람은 밤새 모래를 실어 어디로 옮기는 것일까. 추위를 핑계삼아, 바람을 핑계 삼아, 바람 속의 모래 알갱이를 핑계 삼아 우린 누구도 다음 이야기를 청하지 못했다. 버거웠다. 그렇게 긴 행간을 되새김질하며 잠자리에 들었다. 쉽게 잠들지 못하는 날들의 연속이었다.

오늘 밤, 열차를 타고 울란바토르로 향한다. 몽골에서 보낼 수 있는 밤은 이틀뿐이다. 하루는 달리는 열차 안에서, 하루는 공항 가까운 호텔에서 묵어야 한다. 멤버들이 이야기할 수 있는 시간은 하룻밤밖에 남지 않았다. 처음엔 감당하기 버거운 시간이었는데 이제는 가는 게 아쉬운 하루하루였다.

몽골 고비에서 처음으로 묵었던 도룬 고비 타운 캠프를 들러 가기 위해 짐을 꾸렸다. 자동차로 아홉 시간을 달려야 한다.

앞서 가던 차가 길을 잃은 모양이다. 이곳은 그동안 보았던 고비와 달랐다. 바위도 많았고 크고 작은 언덕과 돌산도 많았다. 길잡이 역할을 하던 현지인 운전자가 가장 높은 곳으로 자동차를 몰고 가 지붕 위에서 손차양을 하고 길을 찾았다. 마치 멀리서 진격해 들어오는 적군의 동태를 살피는 전사 같았다. 그 옛날 대초원을 누비던 몽골 군사의 냄새가 물씬 풍겼다. 저 멀리 점처럼 보이는 사물의 움직임도 파악할 수 있고 달리는 말 잔등 위에서 활을 쏘는 것이 일상이라고 했다.

열차를 타기 위해 역에 도착했을 때는 저녁 무렵이었다. 간밤에 설친 잠과 긴 시간 사막 위를 달렸기 때문에 몸은 두들겨 맞은 거처럼 아팠다. 핑크할머니도 지쳤는지 보는 것마다 접두사로 붙이던 에헤헤이 웃음소리가 어느 순간부터 사라졌다. 어젯밤, 뒤척거릴 때마다 유난히 끄응, 소리가 심했다. 그래도 길을 나설 때마다 제일 먼저 앞장섰고 짐 싸고 푸는 게 영 서툰 내 손길을 재촉하기도 했다. 나이 많은 거 티내지 않는 게 친구가 준 숙제 중 하나라고 하면서.

기차에 오르기 전, 한국식으로 저녁 식사를 하기로 했다. 김치찌개와 고추장 불고기, 콩나물찜 등 그동안 구경조차 못했던 고춧가루로 버무려진 음식이 나왔다. 일행은 환호성을 지르며 지친 흔적을 지웠다. 그런데 할아버지와 같이 왔던 할머니는 밥을 먹지 못하고 식당 한켠에 누워 있다. 체한 데다 차멀미까지 겹쳐 탈이 난 것 같다고 했다. 할머니 얼굴은 노랬다. 핑크할머니는 끄응, 소리를 내더니 가방 속에서 주섬주섬 무언가를 챙겨 일어선 뒤 할머니에게 다가갔다.

"어디 봐유."

눈을 감은 채 누워 있던 할머니는 핑크할머니를 보자 알 거 없다는 듯 다시 눈을 감고 돌아누웠다.

"체한 데는 따는 게 제일이유. 어이 일어나 봐요."

할머니는 달갑지 않은 표정으로 일어나 옷매무새를 만졌다. 그러거나 말거나 핑크할머니는 할머니의 등을 자분자분 쓸어내린 뒤 손가락 끝을 수지침으로 따고 피를 냈다. 신기하게도 할머니 얼굴에 혈색이 돌며 표정 또한 노글노글해졌다. 핑크할머니가 돌아앉으라고 하자 다른 손마저 내주며 고분고분 따랐다.

핑크할머니는 한방소화제라며 지난 열흘간 몽골 초원에서 물리도록 보았던 염소똥만 한 것을 할머니 손바닥 위에 수북이 올려놓고 자리로 돌아왔다. 그러더니 김치찌개 속 돼지고기를 골라 내 밥그릇에 얹어주며 많이 먹자고, 어쩜 이리 맛있냐며 정말 맛있게 드셨다.

어젯밤 핑크할머니는 이리저리 몸을 뒤척이며 혼잣말처럼 말했다.

— 내가 또 이 땅에 올 일은 없을 겨. 아니 올 수도 없다마다. 여

기서 보낸 밤은 내 인생 통틀어 최고일 겨 아마 에헤헤이.

오늘도 이곳에서 처음 본 노을처럼 검은 구름이 기차 지붕을 휘휘 감은 채 비장하게 흘렀다. 마음이 이상했다. 좀 슬픈 것 같기도 아쉬운 것 같기도 했다. 그게 다 노을 때문이라고 핑계 대도 수긍할 만큼 음울한 먹빛과 선홍의 핏빛이 혼재되어 있었다.

기차가 출발할 무렵, 차창 밖은 먹물이 퍼지듯 어둠이 내렸다. 짐을 정리하자 주위의 소란스러움이 잦아들었다. 기차는 어둠 속으로 질주해 들어갔다. 어둠이 사방을 짓어누르듯 기차 안과 밖, 모두 다 무거워 보였다. 통로를 왔다 갔다 하는 사람도 왁자하게 떠드는 사람도 없었다. 여행 말미는 언제나 생각이 많았다. 그 생각들은 말을 먹어버리고 타인을 먹어버려 오롯이 자기 안으로 빠져들게 만들었다.

낯선 사람 멤버도 마주 앉았지만 짐짝처럼 흔들릴 뿐 아무도 말하는 이가 없었다. 처음 침대칸에서 마주했을 때의 민망함과 겸연쩍음 같은 건 찾아볼 수 없었다. 자기 자신이 너무 커다래져 그게 버거워 외부의 어떤 것도 침입해 들어올 수 없었다.

여기는 어디쯤일까. 터널을 지나듯 불빛 한 점 없었다. 기관사는 하얀 실선 같은 철로의 반짝임으로 달리는 것일까. 침대칸의 불빛은 노정에 지쳤는지 궁색하게 흐렸다.

"오늘 밤이 마지막이네. 어째 서운하니 마음이 그러네."

핑크할머니가 어둠에 젖은 목소리로 말하며 허단의 손등을 두어 번 두드렸다. 허단은 준비하고 있었다는 듯, 큼큼 목을 다듬었다.

내가 럭비를 그만두기로 결정한 날, 아빠가 그랬다.

"럭비를 하기로 한 것도 네 결정이었고 그만두기로 한 것도 네 결정이다."

아빠의 목소리는 차분하고 냉정했다. 난 무척 미안하기도 했지만 눈물 나게 고맙기도 했다.

"아빠가 살아보니까, 그런 생각이 들더라. 하고 싶은 걸 하는 게 좋겠다는 것, 난 어떤 누구도 다른 사람의 삶을 결정할 수 없다고 생각해. 선택해주거나 강요하는 것은 더더욱 아니라고 본다."

아빠는 언제나 그랬다. 뭘 먹을지, 뭘 입을지, 어디를 가고 싶은지 꼭 물었고 나의 결정이 곧 결과로 나온다는 것을 알게 해주었다.

식물이 끊임없이 햇빛 쪽으로 굽는 것처럼 사람도 제 하고 싶은 곳으로 기울게 마련이라고 했다. 하고 싶은 것과 동떨어지게 살면 살수록 굴광성은 더욱 강해져 기이하게 휘어져 행복할 수 없다는 말로 엄마를 설득했다. 그간 단에게 운동은 맞지 않은 옷을 입은 것처럼 어울리지 않았다고 덧붙였다. 사람이 불행하다고 느낄 때는 몸과 마음이 따로 놀 때라고 했다. 마음은 이것을 하고 싶은데 정작 다른 것을 해야 하는 상황과, 마음은 어딘가로 가고 싶은데 갈 수 없을 때, 마음은 이 사람과 같이 있고 싶은데 원치 않는 사람과 있을 때라고 덧붙였다.

어쨌든 내 앞날에 대한 불안함은 온전히 내게로 넘어온 것이다. 물론 엄마, 아빠 마음 또한 가볍지 않으리라는 것을 알지만 주사위는 내 손에 들려 있다는 것을 확인시켜주는 것으로 당신들의 불안한 마음을 달래는 것 같았다.

적응하는 것이 쉽지 않았다. 힘든 운동을 견뎌야 하는 것처럼 공부를 새로 시작하기 위해서는 견뎌야 할 것이 많았다. 지금도 불안하다. 그때마다 상기하는 것은 내가 결정한 일이라는 것을 되뇌는 것이다. 그럴 때마다 약간의 책임감과 함께 어떻게든 다잡아가야 한다는 마음가짐이 생겼다. 친구들과 어울리는 것도 쉽지 않았다. 운동을 하는 친구들과 지냈기 때문에 교실에서는 변변한 친구 하나 없었다. 어떻게 친구를 트고 관계를 유지하는 것인지 처음 해보는 것처럼 서툴렀다.

운동을 그만두었다는 소문이 돌자 힘깨나 쓰는 아이들이 다가왔다. 처음엔 간을 보는 식으로 트집을 잡아 시비 먼저 걸었다. 나는 가볍게 눌러주었다. 방향을 알 수 없는 곳으로 튀어오르는 럭비공을 움켜잡듯 상대의 목과 어깨를 잡고 누르면 그만이었다.

주변의 아이들도 나를 슬금슬금 피했다. 나는 어느 무리에도 끼지 못하는 외톨이가 되었다. 운동장에서 훈련을 하거나 연습 게임을 하는 친구들도 가방을 메고 하교하는 나를 알은체하지 않았다. 나는 그림자가 되었다.

기차는 불빛 하나 없는 까만 어둠 속으로 빨려 들어갔다. 내일이 지나면 그간 들었던 멤버들의 사연을 지워야 한다. 공항에 들어설 때면 모르는 사람처럼 뒤돌아서야 한다. 그게 가능할까? 애초부터 가능하지 않은 규칙을 세운 것은 아닐까.

허단의 얼굴에 그늘이 짙었다. 앞에 놓여 있는 그림자 같은 시간에 대한 두려움, 그 시간을 견디는 것이 자기 몫이라는 것을 알기에 더 막막할 것이다. 아무도 대신할 수 없는, 그 어떤 것도 거저 지나갈 수 없는 시간, 나도 그 시간을 안다. 옹이처럼 박혀 있는 그 시간들.

허단의 얘기를 들으며 허몽의 짝사랑만은 아닐지도 모른다는 생각이 들었다. 허몽 속에서 엄마를 봐야 했다고 하나, 비슷한 구석이 많았다. 네 아빠의 짝사랑이지 않겠느냐고 큰소리쳤는데 엄마도 허몽에게 끌렸을 수도 있겠다는 생각이 들었다. 사람과 사람 사이에 코드 맞는 게 어디 그리 쉬운 일인가.

엄마에게 당장 확인하고 싶었지만 방법이 없었다. 나만 늘 엄마에게 약점 잡히란 법 있나? 나도 엄마의 약점을 잡을 수도 있는 거지. 잘하면 써먹을 수도 있을 것이다.

내일 공항 근처에서 하룻밤 잔 뒤 비행기를 타면 이제 이곳과는 이별이다. 내 이야기를 끝으로 낯선 사람 모임은 마지막이다. 약속했던 열흘이 차창 밖으로 빠르게 지나가고 있다.

허단의 말을 끝으로 가라앉은 분위기 속에서 할머니가 말을 꺼냈다.

"오늘이 마지막이 될지 내일이 마지막이 될지. 에헤헤이, 워째 나랑 똑같어. 모임 말여."

웃음 끝이 여느 때와 다르게 힘이 없다. 창밖은 아무것도 보이지 않았다. 그 대신 우석 오빠와 허단이 유리창에 어리대며 오래된 그림처럼 되비쳤다. 기차는 무심하게 철커덕척 철커덕척 고른 박자로 움직였고 차창에 비친 네 사람도 박자에 맞춰 같은 모양새로 흔들렸다. 저마다의 무거움이 실린 얼굴이었다.

여기에 더 무거움을 얹는 것 같아 얘기를 꺼내기가 망설여졌다. 지난번에 출석 정지 맞은 얘기는 다음번에 하겠다고 예고까지 한 터라 다른 말로 돌릴 수도 없고, 그렇다고 다른 얘기로 돌리는 것도 멤버들이 말한 진심을 퇴색하게 하는 것 같아 이러지도 저러지도 못하고 쭈뼛거리고 있었다.

핑크할머니가 내 어깨를 슬쩍 밀며 신호를 보냈다.

반성문을 쓰고 나온 그날, 하필이면 1학년 한 명이 반 공동 카톡방에 선배들 험담을 올렸는데 이를 알게 된 3학년이 따지러 몰려가는 일이 벌어졌다. 겁먹은 1학년이 담임한테 알리자 문제가 커졌다. 당시 학교는 왕따 문제로 학폭위를 결성하고 경찰을 배치하는 등 매우 예민한 상황이었다. 누군가 상상으로 총을 쏘는 시늉만 해도 총 맞았다는 사람이 나오고 누군가 나를 겨냥하며 죽일 것 같다고 신고할 정도로 분위기는 살벌했다. 선배의 험담을 올린 아이도 따지러 가는 것을 주동한 아이도 학폭위로 넘어갔고 하루 이틀의 출석 정지를 맞았다. 나의 출석 정지도 그와 무관하지 않았다.

반성문으로 조용히 마무리될 일이었으나 또 다른 고난이 다음 날 나를 기다리고 있었다. 반 모임 카페에 길길이를 까는 얘기가 올라온 것이다. 모르는 아이디였다. 난 두 개의 글자와 한 개의 특수기호 때문에 출석 정지를 맞았다.

길길이, 열라 짱나.
지는 별수 있나? 땅바닥에 굴러가는 난쟁이 똥자루같이 생겨서.
지 마음에 안 들면 길길이 날뛰는 꼴은 딱 약 먹은 쥐새끼~.

ㄴ 동~감.

못생겨가지고~를 입에 달고 사는 선생님 별명은 쥐돌이 또는 길길이다. 키도 작고 유난히 까만 피부에 기름기로 절어 있는 머리칼과 유난히 반들거리는 눈동자, 한눈에 봐도 쥐가 연상되었다. 거기다 조금이라도 거슬리면 덮어놓고 길길이 날뛰는 통에 별명이 한 개 더 붙은 거다. 나는 아무 생각 없이 닉네임으로 동조의 댓글을 올렸고 그 후, 출석 정지 조치가 내려졌다. 본문을 쓴 사람이 누구냐며 IP 추적까지 하게 되고 그 결과 학교 근방의 PC방이라는 것이 드러났다. 그렇지만 끝내 누구인지는 밝혀지지 않았다. 본문조차 내가 올린 거라고 몰아가기 시작했다. 그것을 위장하기 위해 내 닉네임으로 댓글을 달았다는 말까지 돌았다. 난 그 글을 올린 사람이 누구인지 알고 싶지는 않았다. 다만 그 글을 과연 내 편에서 올린 것인지 아닌지였다. 나는 내 편이 필요했다. 혼자가 아니라는 것만이라도 알면 덜 힘들 것 같았다. 결국 그것이 내게 화살로 돌아왔지만 혼자인 것보다는 나았다. 담임은 학생부에 올리지 않는 근신 처분이니 당분간 말이든 행동이든 조심하라고 했다. 1학년과 맞물린 상벌의 형평성 때문에 하루 정도의 출석 정지 조치는 어쩔 수 없다고 했다.

독서실에 있는 나를 찾아내어 학교 소식을 전해준 건 현욱이었다. 그러고 보니 현욱이는 늘 내 곁에 있었다. 겁이 많아 유사시에 내 뒤로 숨어서 그렇지 현욱이는 한결같이 일관성 있었다. 현욱이에게 그 글을 올린 사람의 저의를 묻자, 그건 저의가 아니라 호의라고 네 편에서 쓴 거라고 딱 보면 감이 안 오냐며 핏대를 세워 발끈했다.

실은 여기로 혼자 여행 오는 조건이 있었다. 같이 오기로 했다가 엄마한테 공항에서 버림받듯 혼자 오게 된 황당한 여행이 되었는데 나쁘지 않았다.

조건이란, 엄마가 성형을 허락해주는 것이다. 아니 긍정적으로 생각해보는 것이다. 나는 더 이상 '못생겨가지고~'라는 수식어를 달고 싶지 않았다. 지나고 보니 외모에 대한 콤플렉스는 나를 뒤틀리게 만든다는 생각이 들었다. 반성문이나 출석 정지 사건 모두 그것의 연장선상이었다. 그리고 얼마 전에 결정적인 사건이 하나 더 있었다. 그 일은 내가 죽을 일이 아니면 절대 말하지 않을 거다. 더 이상해지기 전에 해결책을 찾아야 한다는 생각이 들었다. 먼저 쌍꺼풀 수술을 하고 그것을 시작으로 내가 원하는 상으로 조금씩 고쳐갈 생각이다.

말을 하는 내내 몸에 개미가 스멀거리는 것 같았다. 몹시 민망한 얘기인 걸 알면서도 말을 할 수밖에 없는 묘한 분위기가 있었다. 다시 올 수 없는 마지막 밤이기 때문일까. 돌아가면 리셋하기로 한 규칙 때문일까. 아니면 멤버들이 보여준 자신의 내밀한 얘기에 대한 나의 보답일까.

곧 새벽이 올 것처럼 하늘은 희붐하게 밝아왔다. 좀 피곤했지만 잠이 오지 않았다. 누군가에게 털어놓은 고민은 이미 고민이 아닌 거 같았다. 속이 후련했다. 낯선 사람 멤버에게 진경우와 줄무늬 얘기를 꺼내도 그게 그렇게 창피스럽지 않을 거 같았다.

울란바토르 공항에 들어서자 열흘 전 이곳에 왔을 때의 공기와는 사뭇 다르게 느껴졌다. 많은 사연이 공기 속에 서려 있다고 해야 하나? 마음이 무지근했다.

　가방 속에 엄마가 준 달러가 그대로 있다. 돈 쓸 일이 거의 없었다. 아무것도 없는 곳을 다녀오는 것, 내가 이제까지 보아왔던 익숙한 모습으로부터 자유로워지는 것, 그 한가운데에 나를 떨어트려 보는 것의 증거이기도 했다. 면세점에 들러 엄마에게 줄 실크 스카프를 샀다. 허단은 자기 엄마 것도 골라 달라고 했다. 굳이 나에게 제 엄마의 존재를 상기시키듯 이게 좋으냐 저게 괜찮냐, 물으며 성가시게 굴었다. 나는 그 순간 그런 생각이 들었다. 어른들이 어른들 사이의 관계를 수십 번 바꿔도 내 엄마는 절대 바뀌지 않을 거라는 것이다. 허단에게 말하고 싶었지만 굳이 말하지 않아도 알 것 같아서 관뒀다.

고개를 들고 당당하게

착륙 후 브릿지로 나설 때 서로의 눈빛이 마주쳤다. 나를 보는 허단의 눈빛이 조금 복잡해진 것을 알 수 있고 멤버들을 둘러보던 핑크할머니의 눈에는 기어이 눈물이 갈쌍거렸다. 상냥하던 우석 오빠도 비행 시간 내내 말이 없었다. 이별의 아쉬움과 일상으로 되돌아가야 하는 무거움이 뒤섞여 있다. 이 여행이 잠깐의 환기 정도로 그친다 해도 쉽게 잊히진 않을 거 같다. 삭제는커녕 깊게 각인된 느낌 때문이다. 몽골에서 열흘이 아니라 스무 날, 아니 핑크할머니 나이 수만큼 머물렀던 듯, 시간의 밀도가 깊었다. 마치 달빛과 별빛을 길잡이 삼아 먼 밤길을 함께 걸어온 듯한 느낌이라고 할까. 별똥별이 지는 초원의 밤은 내밀한 자기를 보여주기에 맞춤 맞은 곳이었다.

입국장으로 들어서자 연분홍 장미 꽃다발을 들고 손 흔드는 노신사가 있었다.

"에헤헤이, 저 노인네가 노망이 든겨. 마중을 나오고 그랴, 뭔 환영할 일이 있다고 꽃다발까정 들고. 안 죽고 살아왔다 이 얘기여? 에헤헤이."

몽골 여행을 강추한 핑크할머니 남친이었다. 핑크할머니는 남친을 향해 손을 흔들며 주위를 두리번거렸다. 받아든 장미 꽃다발과 다르게 웃음기를 거둔 할머니 얼굴은 금세 쌔무룩해졌다. 고개를 빼고 누구를 찾는지 눈빛은 내내 먼 데 있었다.

나도 혹시나 하고 붐비는 사람들 속에서 엄마를 찾았지만 반기는 얼굴은 없었다. 엄마의 카톡이 들어왔다. 격하게 환영한다는 말과 리무진 버스를 타고 오라고 했다. 말만 격한 거다. 그럼 그렇지, 일관성 하나는 끝내준다. 현욱에게서 수십 개의 카톡이 들어와 있고 게임머니 보내달라는 것도 수십 개 있었다. 비로소 제자리에 앉은 느낌이 들고 이제야 뭔가 제대로 돌아간다는 생각이 들었다. 익숙함에 대한 마음 놓임, 뭐 그런 거랑 비슷하다.

일행은 둘러서서 쉽게 발길을 돌리지 못했다. 말없이 안아주는 것으로 인사를 대신했다. 시큼한 땀 냄새와 그들 고유의 체취 속에서 일상으로 돌아가야 하는 약간의 긴장감이 돌았다. 여행 내내 고기로 신경전을 벌였던 할머니 두 분이 마주 섰다. 숨넘어가기 직전까지 두 다리로 걸어 다니자며 손가락 걸고 약속했다.

낯선 사람 멤버가 마주 섰다. 핑크할머니는 남친에게 우리들을 일일이 소개했다.

"내 친구들여. 늙어빠진 너하고는 비교도 안 되게 젊어. 봤지? 에헤헤이, 나 아직 인기 많어~."

핑크할머니의 우쭐한 말투 속에 물기가 배어났다. 내 얼굴과 머리를 쓸어준 뒤 허단과 우석 오빠의 얼굴을 만졌다.

"송이야~."

"할머니 이든, 송이든이라니까~."

"그려, 송이든 이든이든~ 에헤헤이, 뒤통수가 워찌 이리 이쁜 겨?"

할머니가 개구쟁이 웃음을 날리며 내 뒤통수를 다시 한 번 쓸었다. 허단과 우석 오빠는 내 눈치를 살피며 풋, 웃음 새는 소리를 냈다.

"허당, 그리고 우리 석이 우석이."

할머니, 정말 못 말린다.

"니들처럼 멋진 애들은 첨 봐. 늙은이를 멤버로 쳐주는 애들은 너희들밖에 없을 겨."

할머니는 저만치 멀어지며 손을 흔든 뒤 공항을 나섰다. 밝게 웃어 보이려 애쓰는 모습이 더 쓸쓸해 보였다.

우석 오빠는 무슨 말을 하려다 관두는 것 같았다. 내가 뒤돌아서자 우석 오빠가 불렀다.

"송이든, 허단 고맙다. 그리고……."

우석 오빠는 엄지척을 내보이며 그렇게 말끝을 흐리는가 싶더니 다시 말을 이었다.

"내가 말하고 내가 규칙을 위반하는 것이기도 한데, 우리 가끔 번개, 아이 아니다."

우석 오빠가 말하다 말고 머리를 긁적였다.

"저기, 형, 그 규칙요. 이십 일간의 낯선 사람 규칙은 온라인에서만 유효한 거잖아요. 우리가 만든 열흘간의 낯선 사람은 오프라인 아닌가요? 그러면 꼭 그걸 지킬 필요가 있을까요?"

나는 허단이 지난 열흘간 저렇게 열과 성을 다해서 말하는 것을 처음 보았다. 그 순간 우석 오빠의 표정이 환하게 펴졌다. 하고 싶은 말을 꺼내지 못하고 돌아서는데 누군가 속 시원하게 해줘서 탁 풀리는 표정이었다. 그건 내 표정이기도 할 것이다. 우린 엄지와 검지를 동그랗게 오므리며 오케이 사인을 보냈다.

우린 언제 칠지 모르는 번개를 약속하고 뒤돌아섰다.

"형."

허단이 뒤돌아서는 우석 오빠를 다시 불러 세웠다.

"이건 그냥 제가 생각해본 건데요. 규칙이 풀렸으니 지금은 얘기해도 될 거 같아서요. 혹 그분이 가짜로 남자 사진을 올렸다고는 생각 안 해보셨어요? 사실은 그런 규칙이 매력적이어서 관계를 맺었는데 그 규칙이 자꾸 깨지려 하니까, 그것을 지키기 위한 트

릭일 수도 있지 않을까 하는 생각이 들어서요."

댕~~~ 머릿속에서 종소리가 울려 퍼졌다. 오, 그럴 수도. 헉, 그게 사실이라면? 우석 오빠의 얼굴을 살폈다.

"글쎄, 과연 그럴까?"

우석 오빠의 눈은 웃었지만 입술은 실그러졌다. 허단의 어깨와 등을 두드리며 뒤돌아섰다. 우석 오빠는 골똘한 모습으로 출구를 빠져나갔다. 간신히 몽골 초원에 부려놓고 온 짐이 다시 어깨에 얹어진 것처럼 보였다. 허단은 그런 우석 오빠의 뒷모습을 한참 동안 바라보며 혼잣말처럼 뇌까렸다.

"괜한 소리를 한 걸까? 형은 어쩌면 다 끝났다고 생각한 일을."

"아니, 난 그렇게 생각 안 해. 네가 말한 대로라면 우석 오빠가 그렇게 상처 받을 필요도 없는 거지. 되게 힘들어했잖아. 이후 둘 사이가 어떻게 되든 그건 다르다고 봐. 정말 그렇다면 완전 멘붕이긴 하다. 그건 그렇고 허단 너 제법이다."

허단이 다시 보였다. 나는 허단에게 손을 흔들어 보이며 번개날 보자는 말을 끝으로 버스 정류장으로 향했다.

전화기를 꺼내 엄마에게 문자 먼저 보냈다. 공항에서 떨궜으면 공항으로 찾으러 와야 하는 거 아니냐고.

문자를 보내느라 앞에 오는 사람과 부딪힐 뻔했을 때 누군가의 손이 내 어깨를 밀치는 바람에 피할 수 있었다. 여전히 내 뒤를 따라오며 길을 가름해주는 것은 허단이었다.

"아직 아빠의 미션이 안 끝난 거냐?"

"버스 타는 거까지 봐야 아빠가 마음이 놓인대. 나도 그렇고."

"야, 내가 애냐? 됐어. 이제 가도 돼."

"되긴 뭐가 되냐? 너 방금 전 대형사고 날 뻔했어. 저 큰 트렁크 위로 넘어지면 앞니 다 나갈 수도 있어. 앞 좀 보고 다녀라."

"아이고~ 그러셔? 고맙네."

허단은 애써 내 눈을 피해 허공을 바라보는 척 눈길을 돌렸다.

"그리고 너네 엄마, 어떤 건지 알아봐 줘."

"뭐? 지난번에 얘기했잖아. 어른들 일은 어른들이 알아서 할 거라고."

"야, 넌 그런 말이 그렇게 쉽게 나오냐?"

"안 그러면? 어쩔 수 있겠어. 우리가 무슨 힘이 있다고. 근데, 넌 그게 왜 그렇게 중요한 건데?"

"뭐? 그야, 엄마 아빠에 관한 거고, 그러면 그건 나에 관한 거기도 하고."

"제발 분리 좀 하셔~. 엄마 아빠 일에 나까지 뒤범벅되어 복잡하게 사는 애들 많은데 난 그거 별로라고 봐. 서로에게 유익한 건 아닌 거 같아서."

허단은 한참 동안 말을 잇지 않았다. 성질머리로는 되받아치고도 남을 거 같은데.

"너 때문이기도 해."

"뭐?"

나는 캐리어를 세우고 그 자리에 멈춰서 허단을 바라보았다.

"잘 가라."

허단은 손을 들어 보인 뒤 잽싸게 공항 쪽으로 뛰기 시작했다. 짜식 엄청 빠르네. 허단은 제 기다란 몸을 감추고 싶은 듯 인파 속으로 녹아들었다.

그런 허단을 바라보며 나는 왠지 어깨가 펴지고 허리가 꼿꼿해지는 느낌이 들었다. 그리고, 가슴이 두근거렸다.

동네 버스 정류장까지 엄마가 마중 나와 있었다.

"웬 마중?"

"멀리 갔다 왔잖니. 공항으로 마중 안 가서 서운했니?"

"아니, 뭘 새삼스럽게."

버스 안에서 애처럼 굴지 않기로 다짐했기 때문에 쿨하게 답했다.

"어쭈~ 아까 문자 보낼 때와는 분위기가 사뭇 다른데?"

"나도 이제 어린애 아니거든."

"아오~ 그러셔? 이번 여행 어땠어? 궁금해 죽겠어. 빨랑 얘기해줘 봐."

"비싸. 그리고 내가 말하고 싶을 때 하나씩만 말해줄 거야. 감질나게. 으하하하."

나는 왠지 역전된 듯한 기분이 들어 통쾌하게 웃어젖혔다.

"그럼 그렇지. 어린애 아니라고 해서 뭘 그리 많이 변해가지고 왔을까 했다."

그러고 보니 엄마야말로 뭔가 달라진 것 같았다.

"뭔 일 있었어? 뭔지 모르게 생기가 도는 것 같기도 하고."

"왜? 엄마가 그간 심하게 예뻐지기라도 한 거니?"

"아오 그건 아니고요, 엄마는 거기서 더 예뻐져도 티 안 나네요."

"참, 현욱이가 왜 자기는 안 보냈냐고, 네 보디가드를 평생 했는데 이렇게 결정적일 때 자기를 배신하냐고 난리도 아니었다. 걔네 엄마가 열흘 동안 현욱이한테 달달 볶였단다. 방학 특강도 때려치우겠다는 걸 간신히 달래서 보내고. 하하하."

"무슨~ 지가 내 보디가드였다는 착각은 여전하네. 내가 걔 보디가드라니깐~ 사람들은 왜 내 말보다 현욱이 말만 믿나 몰라. 학원에서 쩔어 있을 현욱이가 불쌍하다는 생각이 들긴 했어."

머리를 털며 씻고 나오는데 엄마가 엽서를 내밀었다.

"뭔데?"

"아빠."

"정말?"

이거였구나, 엄마가 달라 보였던 게. 어둠이 내려앉은 바닷가 같았다. 먼 곳 푸른 불빛이 소실점처럼 찍혀 있는 사진이 엽서에 붙어 있었다.

"이게 뭐야? 달랑 사진 한 장?"

글은 한 줄도 없었다. 왠지 서운했다. 아빠는 내 그리움의 반에 반도 못 따라온다. 이렇게 야박할 수가 없다. 대신 받는 사람 란에 두 개의 이름이 눌러 쓰여 있는 것으로 위로 삼아야 했다. 엄마 이름 옆에 내 이름이 동글동글하게 적혀 있다. 이든아, 글씨를 쓸 때 이응만 동그랗게 써도 글씨체가 가지런해 보이는 거야. 초등학교 때 점점 지저분해지는 내 글씨체를 보고 아빠가 해준 말이 떠올랐다.

엄마는 아빠의 사진 속에서 둘만이 아는 암호라도 읽어낸 거처럼 보였다. 내 눈엔 그지없이 난해해 보였다.

엽서를 엄마 손에 건네며 새삼스럽게 그런 생각이 들었다. 엄마는 매번 새로운 힘을 어딘가에서 끌어올리는 듯한 느낌이 드는데 그 원천은 '저 먼 불빛'에 있다는 생각이 들었다. 아빠가 떠난 뒤 나와 함께 바다를 보고 돌아온 엄마는 내내 잠만 잤다. 엄마의 머리맡에는 몇 줄의 메모가 선언처럼 적혀 있었다.

지평선 너머 저 먼 불빛을 볼 수 있는 사람만이 행복하게 사는 것 같다. 현실을 잘 살아내고 싶은 욕심 때문에 작은 거에 매몰되어 더 멀리 못 보는 것, 그런 것들이 우릴 함정에 빠트리곤 한다. 하늘 저 멀리 흐르는 내가 알지 못하는 먼 빛을 향할 때 우린 삶의 크고 작은 번뇌도 벗어난다. 백석의 시처럼 '더 크고 높은 것이 있어서' 쓸쓸하고 먼 길을 마다 않는 것처럼, 그것을 놓지 않아야 삶이 좀 더 격조 있어지지 않을까 한다. 이상, 그것은 평생 다다를 수 없는 것이어도, 혹은 다가서면 다가설수록 멀어지는 것이어도 좋은 이유가 바로 거기에 있는 것이다. 자기가 그리는 이상세계를 없애버리면 윤기를 잃게 되고, 팍팍함만 남아 재미도 신명도 사라지게 된다. 그가 잠시 그 불빛을 잊은 것 같아 그게 슬프다.

아빠가 보낸 사진 속에서 엄마는 아빠가 잊고 있던 먼 불빛을 찾으리란 것을 알고 있는 것일까. 아빠가 우리 곁에 돌아오지 않는다 해도 그거면 된다고, 그거면 된 거지 뭐, 하는 엄마의 말이 생략된 것 같기도 했다.

"근데, 엄마 허몽 아저씨랑 뭔 관계야?"

"관계? 호호호, 뭐라든?"

"사진 전시회 때 만났다며?"

"응, 잘 따르던 후배야."

"그것뿐이야?"

"뭔 소리야?"

"아니, 그냥. 그때 공항서 봤을 때 둘 사이가 심상치 않은 것 같아서."

전시회서 엄마를 만나고 온 날, 허몽이 펑펑 울었다는 말을 전할 수는 없었다.

"뭘, 심상치 않아. 너 부탁하느냐고 얘기가 좀 길어진 것뿐이지. 학교 다닐 때 허몽이 좋아하던 사람은 따로 있었어."

"엥? 엄마가 아니고?"

"그날 전시회 때 그 친구 소식을 전해줬거든."

"누군데?"

"엄마 절친이었는데 너 어렸을 때야. 죽었어 교통사고로. 남편이 운전을 하다 졸았다고 하는데 옆자리에 탄 엄마 친구는 그 자리에서 죽고 남편은 멀쩡하고. 그래서 말이 좀 있었어. 정말 사고였을까? 뭐 그런. 몽은 전혀 모르더라고, 그날 좀 놀랐을 거야."

"아."

"몽이, 많이 좋아했지. 첫사랑이었으니까. 다른 사람에게 보내고 호되게 앓았어 그때. 다 지나간 일이야."

몽에게는 지나간 일이 아닌 것 같았다. 그 또한 조만간 지나간 일이 되겠지만.

"엄마, 약속 기억하지?"

불리하면 곧잘 잊어버리는 척하는 엄마의 고질병을 알기 때문에 확실히 해둘 필요가 있다.

"생각해보는 거였잖아."

"올~, 생각해봤어?"

"좀 알아봤는데 그거 부작용 좀 심각하던데? 그리고 요즘 대세는 홑꺼풀인 거 알지?"

"헐~ 설득하려는 거야?"

그러고 보니 요즘 주름잡는 연예인은 남녀 모두 홑꺼풀이다.

"아니, 생각해보라고 했잖아. 이만하면 아주 심각하게 생각한 거 아니니?"

"어쩐지, 순순하다 했다."

"네 생각도 변함이 없다 이거지?"

"지금은 보류~, 그렇다고 아예 생각을 접은 건 아니니 방심하진 말고. 생각은 언제든 바뀔 수 있는 거니까."

"오~ 웬일? 그게 어디야."

엄마는 당신 뜻대로 된 것인 양 득의만면이었다.

잠자리에 누울 즈음, 엄마가 상자 하나를 내놓았다. 뚜껑에 리본도 달려 있고 제법 부피가 컸다.

"뭐야? 에이 뭘, 선물까지 준비하고 그래? 그깟 혼자 여행 다녀온 거 가지고."

"열어봐."

엄마 목소리는 담담했다.

"왜 그래? 갑자기."

나는 엄마 얼굴과 상자를 번갈아 보다 뚜껑을 열었다. 테디베어였다.

"이, 이, 이게 어디 있었어?"

나는 인형에 손도 대지 못하고 그대로 얼어버렸다. 빛나가 내게 문자 보낸 것을 다들 알고 있을지도 모른다는 생각이 들었다. 심장이 걷잡을 수 없이 두근거렸다. 빛나의 문자를 숨긴 것이 문제가 된 것인가? 상자를 들고 있는 손끝이 파들파들 떨렸다.

"빛나 방 정리하다가 잠겨 있던 서랍에서 나온 거라는데, 빛나 엄마가 어떻게 된 거냐고 묻더라."

허걱, 나는 기어이 상자 뚜껑을 소리나게 떨어트렸다. 손끝의 힘이 빠지며 스르륵 미끄러졌다.

"그래서 뭐라고 했어?"

"우리가 준 선물이라고 했어. 빛나 엄마는 그동안 빛나가 갖고 노는 것을 본 적이 없다며 이걸 왜 여기에 넣어놨냐길래, 싫증 나서 그랬을 거라고 간신히 얼버무렸어."

곧 있으면 빛나의 사십구재라고 했다. 엄마는 그날 정식으로 빛나에게 선물로 주는 건 어떠냐고 물었다.

나는 전화기의 메시지함을 열어 엄마에게 빛나의 문자를 보여주었다. 엄마는 입을 가리며 신음 소리를 뱉어내었다.

"이걸 언제 봤어?"

"내가 너무 늦게 봤어. 빛나가 그렇게 되고 한참 뒤에 보게 됐어."

나는 완전 겁에 질려 말했다. 엄마가 나를 와락 끌어안았다. 엄마 어깨에 얼굴을 묻었다. 나도 모르게 몸이 떨려 바들거렸다.

"괜찮아, 괜찮아. 누구 탓도 아니야."

엄마가 한숨을 토해내며 말했다. 엄마는 내 머리를 꼭 끌어안고 괜찮아, 괜찮아, 주문 걸듯 말했다.

"오늘은 같이 자자."

엄마가 침대 위 이불을 정리한 뒤 내 옆에 누웠다.

"아무 생각 말고 자."

"아줌마는?"

"많이 힘들어하지. 견디는 것 말고는 방법이 없어."

나의 SNS 활동은 시들해졌다. 한 김 빠진 듯한 느낌이라고 해야 하나? 다른 사람 계정에 들어가도 눈요기 정도로 끝낼 때가 많았다. 요즘 유행하는 셀카는 자신의 엽기적인 모습을 올리는 거다. 보정은커녕, 삐에로처럼 분장하고 괴상한 표정을 올리기도, 미니 사이즈의 티셔츠를 입고 울룩불룩한 뱃살을 그대로 드러내기도 한다. 자신의 지질한 모습도 가감 없이 보여준다. 민낯을 올리는 여자 연예인도 더러 있었다. 포장지를 거둬낸 모습은 프레임 안에 있는 모습이 실체가 아니라 프레임 밖이 진짜 세상이며 그것이 실체라는 것을 보여주는 것 같았다. 프레임 안은 언제까지나 편집의 세상인 것이니 헷갈리지 말라는 메시지 같기도 했다.

보이는 것에 초점을 둔 세계는 조작도 불사할 수 있을 것 같다. 우석 오빠의 아바타 그 남자가 그녀인 척한 것처럼, 훔친 물건으로 자신을 치장하듯 다른 사람의 일상을 퍼와 블로그 활동을 하며 그 사람인 척하는 사람처럼 말이다. 뭐, 무지막지한 포샵질로 인스타그램에서 초록여신으로 등극한 나도 별반 다르지 않을 것이다. 중요한 건 그럴수록 정말 나 자신은 점점 줄어든다는 것이다. 그게 깊어지면 자신을 잃어버릴 수도 있다는 것, 빛나가 그랬던 것처럼.

빛나가 살아 있어서 다시 만날 수 있다면 세상은 손바닥 위, 작은 기계 안에 있는 것이 아니라 밖에 있다는 것을 말해줄 수 있을 것 같았다. 손바닥 안으로 숨으면 숨을수록 커지는 것이 아니라 작아진다는 것을 빛나가 알았다면 지금쯤 나와 패밀리 레스토랑에서 맛있는 저녁을 먹고 있을지도 모르겠다.

창문으로 불어오는 바람에서 선득한 몽골 초원의 아침 냄새가 났다. 코끝이 찡했다. 초원 위에 서 있던 내가 그리웠다. 시간도 공간도 모두 잊을 수 있는 곳, 내가 본 문명과는 동떨어진 외계 같은 곳. 그곳에선 오로지 나 자신의 존재로만 가득 찰 수 있었던 곳.

여행 후 버릇이 하나 생겼다. 내가 한없이 쪼그라들어 갑갑해질 때면 눈앞의 모든 것을 지우고 아주 간결한 그림을 그린다. 땅은 끝없이 평평하고 그 위에 키 작은 풀들이 듬성듬성 나 있을 뿐 완벽하게 아무것도 없는 고비 사막을 떠올린다. 하늘은 바다처럼 흐르고 나는 바람 부는 초원 위에 서 있다. 양팔을 벌리면 겨드랑이와 손가락 사이로 바람이 시원하게 빠져나가고 뒤이어 다른 바람이 달려와 목덜미와 턱과 볼과 코와 눈두덩을 쓸며 지나간다. 그러면 아주 간결해지는 느낌이 들며 머릿속이 상큼해진다. 고비 위에 홀로 서 있는 내가 보이면, 끝없이 펼쳐진 사막도 내 몸을 휘감으며 불어오는 바람도 유리조각처럼 부서지는 햇살도, 그리고 저 먼 하늘도 나를 위해 존재하는 것처럼 느껴진다. 몽골 초원 위에 한 개 점으로 유일하게 서 있던 내가 하늘과 땅 사이를 이어주는 징검다리인 양 아주 커다래진다. 사막의 억센 풀을 빗질한 바람은 손끝을 타고 들어와 점차로 팔뚝과 어깨와 목과 얼굴과 배와 다리와 발도 푸르게 물들인다. 나는 푸른 거인이 되어 땅과 하늘 사이에 거대하게 서 있다.

낯선 사람 멤버가 몹시 그리웠다. 멤버들의 이야기를 잊는 것이 규칙이었지만 시간이 지날수록 잊히기는커녕 더욱더 선명해졌다. 언니의 옷이 탐이 나 식구들 몰래 밤사이 분홍갑사 한복 치마를 찢던 핑크할머니, 기우는 해에 길어진 자신의 그림자가 한없이 슬퍼 보여 럭비를 그만두었던 단, 손바닥 속 기계 안의 연인에게 상처받고 신음하며 기신기신 여행 왔던 우석 오빠. 그리고 밤하늘 가득 반짝거렸던 별과 찰나의 시간을 선으로 사르며 가뭇없이 사라져간 별똥별, 그리고 고막을 찢을 듯 밤마다 울어대던 초원의 바람, 바람들.

번개 단톡방이 뜬 건 여행이 끝난 후 한 달 만이었다. 사는 지역이 다르니 제3의 지점에서 만나자는 제안이었다. 우석 오빠는 할 말이 많다고 했다. 허단과 나는 번개날까지 기다리다간 숨넘어갈 것 같다며 지금 당장 얘기하라고 졸라댔다.

이상하게 너희들 앞에서는 왜 무장해제 되는 느낌이 들지? ㅋㅋ 몽골에서의 밤처럼. 허단 네 말이 맞았어. 그녀는 SNS 속 사람일 뿐이었어. 그녀가 남자 사진을 올리며 나와의 만남을 회피한 것은 그동안 보여준 일상이 그녀 것이 아니기 때문이었어. 다른 사람의 사진을 퍼나르며 그 사람 행세를 한 거지. 그렇다고 그녀가 내게 해준 말이 거짓이라고 생각하진 않아. 그녀의 말은 나를 변화시켰으니까. 어쩌면 그녀는 자신에게 해주고 싶은 말을 나에게 해준 건지도 몰라.

헐.

허단과 나는 몽골에서의 낯선 사람 모임인 양 어떤 댓글도 달지 못했다. 딱히 뭐라고 해줄 말도 떠오르지 않았다. 우석 오빠는 이제 그녀가 남자인지 여자인지 중요하지 않다고 했다. 그간 나눴던 말들이 진심이었길 바랄 뿐이라고 했다.

수학 학원을 마치고 현욱이와 나서는데 허단에게서 문자가 왔다. 우리 동네 카페에 와 있다는 말이었다.

엥? 나는 너무 놀라 현욱이와 한달음에 달려갔다. 허단은 현욱을 보고 놀라고 나는 허단을 보고 놀라고 현욱은 허단을 보고 놀라고. 분위기가 좀 이상했다.

"무슨 일이야? 번개는 이번 주 토요일이잖아."

"그, 그, 그냥."

허단은 현욱을 흘낏 보고는 입을 다물었다.

"야, 인사해. 몽골 가서 만난 친구 허단이야. 이쪽은 내 죽마고우 강현욱."

둘은 서로 들릴 듯 말 듯하게 풍선에 바람 빠지는 소리로 안녕, 이란 말을 했다.

어젯밤, 문자로 그때 네 아빠의 눈물은 우리 엄마가 아니라 다른 분 때문이었노라고 알려주었다. 설마 그것 때문에 달려온 것은 아니겠지. 그게 뭐라고?

허단과 현욱은 말을 한마디도 섞지 않았다. 기류가 심상치 않았다. 팽팽한 기 싸움 같은 것이라고 해야 하나?

"왜 그래? 너희들~ 평소답지 않게."

"늘 이렇게 붙어 다니냐?"

허단이 시비조로 물었다.

"내 평생 같은 학교 같은 학원으로 붙어 다닌 유일한 애가 강현욱이야."

"내, 내, 내가 이든이 보디가드야."

현욱이가 말까지 더듬으며 어렵사리 말을 꺼냈다. 나는 고개를 획 돌려 현욱을 째려보았다. 현욱의 뒤통수로 손이 가려다 허단이 의식되어 슬그머니 내렸다.

"야, 네가 언제 내 보디가드인 적 있냐? 확 이걸 그냥."

허단은 두 눈을 끔뻑이며 나와 현욱을 지켜보았다.

"엄마가 동생을 가졌대."

허단이 눈을 떨군 채 말했다.

"어머? 진짜? 야 것 봐. 어른들 일은 어른들이 알아서 한다고."

"자칫하면 사람들이 내가 사고 친 줄 알 거 아니야."

"어머, 정말 그럴 수도 있겠다. 푸하하하. 네가 손 붙잡고 다니면 아빠 같을 거 아니야. 아이고 배야. 어쩌면 좋아."

"그렇게 재밌냐? 난 심각한데."

"야, 뭐가 심각해. 넌 이상하게 생각이 넘 많아. 그게 네가 심각할 일이야? 것도 너네 엄마 아빠 일이지."

"……"

말없이 지켜보던 현욱은 계속 큼큼거리며 제 존재를 알리려 했다. 내가 눈을 하얗게 흘겨도 짐짓 못 본 척 다리를 떨기도 손가락으로 탁자를 두들기며 소리를 내기도 했다.

허단은 막차 시간 다 돼간다며 번개날 보자고 말한 뒤 나섰다. 현욱이 번개라는 말을 듣고 그런 것도 하냐고 묻자, 허단은 씨익 웃으며 뒤돌아섰다.

"그 자식 기분 더럽게 잘생겼네."

현욱은 저만큼 멀어지는 허단을 바라보며 혼잣말처럼 뇌까렸다. 멀리서 보니 허단의 다리가 더욱 길어 보였다.

현욱은 집으로 가는 내내 번개날 자기도 데려가라고 떼를 썼다. 모자라도 한참 모자란 애다. 네가 거길 왜 가냐고 아무리 윽박질러도 막무가내였다. 하도 보채는 바람에 생각해본다고 했지만 난 절대 현욱을 데려가지 않을 작정이다.

드디어 오늘이 번개날이다. 옷은 뭘 입고 나가야 할지, 가방은 뭘 들어야 할지, 신발은 뭘 신지? 며칠 전부터 신경 쓰였다. 설레기도 긴장되기도 했다. 기다림의 시간은 보이지 않는 것이지만 입체적으로 나를 만들어주기도 했다. 버스 정류장으로 향하다 진경우와 줄무늬를 보게 되었다. 진경우와 줄무늬는 나를 알아보고 키득거리며 자꾸만 힐끗거렸다. 그때의 모멸감이 되살아났다. 나는 무슨 잘못이라도 저지른 사람처럼 가슴이 쿵쾅거리고 얼굴이 달아올랐다. 도망치듯 고개를 돌리고 종종걸음으로 횡단보도를 건넜다.

멀리서 다가오는 버스를 보자, 낯선 사람 멤버가 떠올랐다. 며칠 전 이 길은 경중경중 뛰어가며 손을 흔들던 허단이 있던 자리이다. 그리고 무턱대고 씨근덕대던 현욱이가 있던 곳이다. 나는 고개를 들고 어깨를 펴고 허리를 꼿꼿이 세웠다. 그 아이들의 시선은 아랑곳없이 걸었다. 이제는 그럴 수 있을 것 같았다. 이제는 그래도 될 것 같았다.

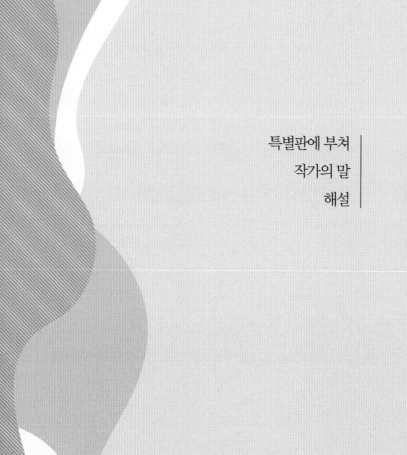

강연을 가게 되면 참가자들에게 몇 권의 저서를 선물로 내놓는다. 그 몇 권을 펼쳐 놓고 원하는 걸 고르라고 할 때 가장 먼저 가져가는 것이 분홍색 옷을 입고 있는 『열흘간의 낯선 바람』이다.

무엇이 됐든 다양한 매체로 소통했으면 좋겠다는 바람이 담긴 책이다. 손바닥만 한 스마트폰의 세계에 빠져 책과도 사람과도 자연과도 멀어지는 지금 우리의 모습이 몽골 고비에 서게 되니 여실히 보여 쓰게 된 책이다.

이 책을 보고 나서 고비 여행을 하고 싶다는 독자들이 많았다. 내게도 고비는 중독이다. 몇 년에 한 번씩이라도 나를 점령했던 문명의 피곤함을 덜어내고 새롭게 나를 환기시키고 싶을 때, 가고 싶은 곳이다. 고비는 그야말로 아무것도 없는 것을 보러 가는 곳이다. 오로지 똑 고른 땅과 반원형의 하늘 아래 점과 같은 '나'가 보이는 곳이다. 아무것도 없기 때문에 '나'의 존재가 무한대로 커져 기꺼운 곳이다. 문명의 홍수 속에 내가 염소 똥만 하게 작아질 때 자연의 한 존재로 나를 만나는 곳, 문명에 중독된 현대인에게 한 번쯤 권하고픈 곳이다.

이 특별판은 새로운 형태의 환기라고 생각해도 좋겠다.

'아무것도 없는' 것을 보러 간다고 했다. 아무것도 없는 것, 이런 곳이 지구상에 남아 있기나 한 것일까.

고층빌딩, 아파트, 전신주, 고압선, 크고 작은 주택들은 물론, 아스라이 시선 끝에 걸리는 산봉우리조차도 볼 수 없다고 했다.

도착한 곳은 몽골의 고비(사막). 그야말로 둥근 반원형의 하늘과 무변광대의 둥그런 쟁반 같은 땅, 그 하늘과 땅 사이에 나뿐이었다. 그곳에서 나는 점보다도 먼지보다도 작게 느껴졌다. 그런데 이상하게도 그 순간, 집중되는 건 '나'였다. 방대한 우주 속, 한 생명체로서의 '나'를 조우한다고 해야 할까.

도시의 문명과 쏟아지는 정보가 나를 수없이 분산시킨다는 것을 알았다. 손바닥만 한 프레임에 갇혀 그곳이 세계의 전부인 양 빠져드는 도시의 우리가 떠올랐다. 전화기 속 SNS에 빠져 웃고 울고 살고 죽는 사이, 우리의 몸과 마음은 이 땅에 실재하는 것들과 멀어지고 있다는 생각이 들었다.

온몸을 쉴 새 없이 두드리는 바람, 별빛을 흩뿌려놓은 은하수, 낮은 포복으로 사막을 기어가는 억센 풀, 그 풀들 사이의 도마뱀과 쇠똥구리와 메뚜기, 바람을 따라 수시로 모습을 바꾸는 구름뿐인 그곳으로 도시의 우리를 초대하고 싶었다. 아주 간결하게 나를 실감할 수 있는 그곳으로.

문명이 사라지고 자연만 남는다면 사람들은 서로의 이야기로 다리를 놓으며 존재의 기꺼움에 위로를 받으리라 생각되었다. 이 이야기는 거기서 출발하였다.

이 글의 초고를 썼던 21세기문학관의 봄날을 기억한다. 혼곤하기도, 기쁘기도, 아늑하기도, 지독하게 외롭기도 하던 2015년, 겨울과 봄 사이의 시간. 감사하다.

책이 나오기까지 애써준 자음과모음 식구들께 감사드린다.

2016년 신록, 오월
김선영

'꿰맨 양말'을 이야기하는 방식

송수연(문학평론가)

　세상이 변했다. 많이 변했고, 빨리 변했다. 구멍 난 양말을 꿰매
신은 게 엊그제 같은데 요즘 아이들에게 양말 꿰맸던 이야기를 하
면 깔깔대고 웃는다. 혹은 '저건 무슨 소리야' 하던지. '꿰맨 양말'
이란 그런 것이다. 지나간 시대를 살아온 자들에게는 때 묻었지만
소중한 삶의 한 부분일 그것이 요즘 아이들에겐 우스개거나 '꼰
대의 잔소리'이기 십상이다. 청소년문학의 어려움이 여기에 있다.
'꿰맨 양말'을 어떻게 이야기할 것인가. 어떻게 이야기해야 우스
개나 잔소리가 되지 않을 수 있을까? 여기 꿰맨 양말에 대한 솔깃
한 이야기가 있다.『시간을 파는 상점』의 작가 김선영의 신작『열
흘간의 낯선 바람』이다.

주인공은 17세 여고생. 이름은 송이든. "자음으로 끝나는 체언의 뒤에 붙어, 주로 '~이든 ~이든'의 구성으로 쓰여, 열거된 것들 가운데 어느 것이나 상관없음을 나타내는 보조사"(64쪽) 이든. 아들이든 딸이든 무엇이든 상관없다는 결론 하에 부모가 지어준 이름, 송이든. 범상치 않다. 또 다른 이름은 '오크'다. 외모 때문에 붙여진 이 별명 역시 결코 평범하지 않다. 사람에게 오크라니. 이든은 이런 현실이 싫다. 그래서 내가 원하는 나를 만들어 내가 주인공인 새로운 세상을 구축한다.

이든이 만든 '초록마녀'는 수많은 팔로워를 거느린 인스타그램의 스타다. 먹고 자는 것도 잊은 채 보정에 매달린 결과는 연예인급으로 달린 '좋아요' 숫자. 그 숫자들과 수많은 사람들의 만남 신청은 이든에게 "처음 맛보는 존재감"(20쪽)을 선물해준다. 이든에게 'SNS는 현실보다 더 생동감 있게 살아있는 세계'이고 '같은 반에 실재하는 아이들이 오히려 허상' 같다. 생각하는 대로 이루어지는 세계라니. 매력적이지 않은가. 현실에서는 나를 거들떠보지도 않던 첫사랑이 SNS에서 나에게 만남을 애걸한다. 그러나 여신의 미모를 가진 '초록마녀'로 사는 행복감은 이든이 가상의 세계를 떠나 현실로 옮겨온 순간, 산산조각이 난다.

페이스북이나 인스타그램 같은 SNS 속 사진 한 장에 숨은 사람들의 고투는 이미 널리 알려져 있다. 수천수만의 좋아요를 달고 있는 프레임 안의 고요나 평안, 아름다움이 프레임 바깥으로 확

장될 때, 우리는 간혹 놀란다. 아무도 없는 이른 아침, 공원의 트랙 한가운데 고요히 놓인 한 대의 자전거와 부서지는 햇살. 이 사진에 좋아요가 달리는 이유는 수없이 많겠지만 아마도 번잡한 도시의 삶에 지친 사람들에게 아무도 없는 이른 아침의 공원이 주는 평안과 혼자 그것을 즐기는 자의 여유와 부지런함이 정말 좋아 보였기 때문일 것이다. 그런데 한낮, 사람이 많은 공원에서 무리하게 통행을 막으며 이 사진을 찍고 있는 모습을 찍은 또 다른 사진은 우리를 아연실색하게 한다. 내가 본 건 뭐지? 내가 누른 좋아요는 저런 게 아니었는데. 가상과 현실의 차이는 이렇게 종종 우리를 놀라게 한다.

결국 이든은 엄마에게 성형수술을 요구한다. 가상을 현실로 만들겠다는 것이다. 여기에 엄마가 내놓은 해결책은 몽골 여행이다. 여행 후에 성형수술을 생각해보겠다는 합의하에 받아들인 여행은 그러나 시작부터 꼬인다. 함께 가기로 한 여행이었는데 입국심사대 앞에서 엄마는 돌아가 버리고 이든은 온통 모르는 사람들 속에 남겨진다. 게다가 한 팀으로 묶인 사람들 중에서 말이 통할 것 같은 사람은 하나도 없다. 머리끝부터 발끝까지 핑크색으로 도배를 한 '핑크할머니'도, 무뚝뚝한 데다 자기처럼 부모가 장난친 것 같은 '허단'이라는 이름을 가진 또래 남자아이도 부담스럽기만 하다. 제대하고 엄마 대신 여행을 왔다는 우석 오빠도 별다를 게 없다. 무엇보다 와이파이가 되지 않아 휴대폰을 쓸 수 없다는 것이

가장 큰 고역이다.

현대인에게 휴대폰은 일종의 만능열쇠다. 그것은 세계와 나를 연결해주는 통로이자, 부담스럽고 버거운 많은 것들로부터 나를 지켜주는 방패이기도 하다. 어른이나 아이나 "어정쩡하고 어색한 시간과 공간"(98쪽)에 놓이면 휴대폰을 집어 든다. 병원이나 터미널 등 각종 대기실에서의 기다림은 말할 것도 없고 엘리베이터가 목적지에 도착하는 짧은 몇 초조차 우리는 견디지 못한다. 꼭 필요해서 사용하기도 하지만, 타인과 함께하는 시공간의 어색함을 무마하기 위해 우리는 휴대폰을 본다. 어디를 가나, 언제나, 사람들의 손에는 휴대폰이 들려 있다. 각종 SNS에 수시로 접속해 고립되지 않은 나의 존재를 확인하거나 그것이 여의치 않으면 음악을 듣거나 저장해둔 사진을 보는 척한다. 그래야 시간을, 타인을, 나를 견딜 수 있다.

그런데 그런 휴대폰을 쓸 수가 없다. 그것도 무릎이 맞닿을 정도로 비좁은 4인용 침대칸 몽골 횡단열차 안이다. '열차는 완행으로 느리게 느리게 초원을 걸어가고'(103쪽) 이제 '그야말로 시간을 견딜 수밖에 없는 오프라인의 세계'(109쪽)가 눈앞에 펼쳐진다. 『데카메론』이나 『천일야화』처럼 끝없는 이야기가 펼쳐질 수밖에 없는, 이야기를 위한 완벽한 시공간인 셈이다. 그리고 이어지는 '핑크할머니'의 사연은 뭉클하다. 몽골의 사막에서, 초원에서, 별 똥별로 끊어지고 이어지는 멤버들의 이야기 속에서 모두는 서서히 깨닫는다. 별과 그 곁의 별이 서로에게 빛이 되어주는 것처럼 자신들도 혼자가 아니었음을. 그리고 별빛에도 각자 색깔이 있다는 것을.

이 소설은 관계와 소통, 그리고 존재에 대해 말한다. '나는 누구인가'를 묻는 것은 소설의 가장 오랜 주제 중 하나이다. 스스로 눈을 찌른 오이디푸스왕도, 미쳐서 죽어버린 리어왕도 저 질문에서 자유롭지 못했다. 한 사람은 어쩌면 모르는 게 좋았을 자신의 근원을 파헤치다 비극에 이르렀고, 또 한 사람은 자신이 누구인지 몰라서 사랑하는 딸과 자신을 죽음으로 몰아넣었다. 자신을 안다는 것, 존재의 본질에 다가간다는 것은 그만큼 어렵고 고통스러운 일이다. 그러나 그 고통의 심연에서 달아나지 않은 자는 그 누구도 빼앗을 수 없는 '나'를 만나게 된다.

이 거대한 우주 속에 별이 있고, 그 별을 바라보는 내가 있다는 생각이 들었다. 저 먼 우주 속, 나의 존재는 먼지보다 더 작을 텐데. (중략) 그런데 신기하게도 한편으로는 나의 존재가 나라는 생명이 무척 크게 다가왔다. 지금 그때의 심정이 되살아났다. 아니 더 실감났다. 난 아무것도 아닌 것이 아니라 이 우주 속에 당당히 존재하는 하나의 생명이라는 자부심이 저 수많은 별을 보며 되새김질되었다. 오히려 거대하고 드넓은 공간에서 나는 먼지보다 못한 하찮은 존재라고 여길 것 같았는데 내 존재가 이렇게 크게 다가오다니. 이 느낌

은 또 무엇일까? (137~138쪽)

성형수술을 해서 예뻐진 '나'나, 여러 사람의 조언으로 '폼'이나 '색'을 갖게 된 '나'도 나이겠으나, 어쩌면 진정한 나는 지금, 여기 존재하는 그대로의 내가 아닐까. '나는 누구인가'를 아는 것이 중요하다고 말하거나 혹은 '너는 네가 누구인지 아니?'를 물어보는 청소년 소설은 많았다. 그러나 행위(doing)가 아닌 존재(being) 자체로 그 질문에 대답하는 소설은 그렇게 많지 않았던 것 같다. 그래서 풀과 별과 태양을 안은 하늘만 있는 곳에서 이든이 만난 존재 자체로서의 '나'는 오래 기억될 만하다.

이제 처음의 질문으로 돌아갈 시간이다. 꿰맨 양말을 어떻게 이야기할 것인가. 조금 돌려 물으면 이렇게 질문할 수도 있겠다. 꿰맨 양말을, 그것을 둘러싼 고린내 나는 이야기를 지금의 아이들에게 들려줄 필요가 있을까? 다소 성급하지만 대답을 먼저 하자면 나는 들려줄 필요가 있다고 생각한다. 문제는 '무엇'이 아니라 '어떻게'이다─라는 점만 잊지 않는다면 말이다. '사람이 살아가는 데 있어 필요한 것은 그리 많지 않다'는 가르침은 톨스토이의 소설에도 있지만 『열흘간의 낯선 바람』에도 있고 그 사이에 있었던 수많은 소설들도 그것을 이야기했다. 그런데 어떤 소설은 성공했고 어떤 소설은 실패했다. 그러니 좋은 주제나 나쁜 주제는 없다.

잘 형상화한 작품과 그렇지 못한 작품이 있을 뿐이다.

『열흘간의 낯선 바람』에 보이는 외모에 대한 고민이나 SNS의 문제는 꿰맨 양말과 같은 삶의 진실에 다가가는 작가 김선영의 방법이다. 나는 그의 이런 방법론이 청소년 독자와 소통하는 그만의 방식이라고 생각한다. 그리고 한 번 읽어보면 알 수 있다. 그의 방법은 우습지도 지겹지도 않다는 것을.

열흘간의 낯선 바람

© 김선영, 2016

초　판 1쇄 발행일　2016년 6월 13일
특별판 1쇄 발행일　2018년 9월　3일

지은이　　　김선영
펴낸이　　　정은영

펴낸곳　　　(주)자음과모음
출판등록　　2001년 11월 28일 제2001-000259호
주소　　　　04047 서울시 마포구 양화로6길 49
전화　　　　편집부 (02)324-2347, 경영지원부 (02)325-6047
팩스　　　　편집부 (02)324-2348, 경영지원부 (02)2648-1311
이메일　　　jamoteen@jamobook.com

ISBN 978-89-544-3905-3 (04810)
ISBN 978-89-544-3901-5 (set)

이 도서의 국립중앙도서관 출판예정도서목록(CIP)은 서지정보유통지원시스템
홈페이지(http://seoji.nl.go.kr)와 국가자료공동목록시스템(http://www.nl.go.kr/kolisnet)에서
이용하실 수 있습니다.(CIP제어번호: CIP2018025390)